亲历

Claire Oppert

Le pansement Schubert

舒 伯 特 绷 带

〔法〕克莱尔·奥佩尔 著
罗琛岑 译

上海文艺出版社

致我神奇的父母

目 录

序章   1

   幸福的记叙   5

保罗   7

   穿过墙壁   11

保罗：爆炸   13

   霍华德   17

阿梅莉亚   19

   我的父亲   23

迪朗   27

   大提琴   31

大卫   33

   相遇   39

失智老人"空间"   41

   俄罗斯   47

"空间"的诗人   51

   柴可夫斯基音乐学院   57

音乐芭蕾   61

   转折   65

寻常的一天   67

她和他   69

   医学院   71

三楼的女诗人   73

一生：一本书   79

   写作   83

荣誉军团勋章：画展   85

   晋牙的传承   87

季节的画家   91

   在地铁上   93

故事的女主角 　　　　　95
一个新位置 　　　　　97

罗伊先生的静脉穿刺 　　　　　101
临床研究 　　　　　103

莫雷蒂太太的梳洗 　　　　　105
研究 　　　　　107

疼痛的护理和现场音乐 　　　　　111
结果 　　　　　117

孔巴先生 　　　　　121
音乐是力量 　　　　　123

米勒太太 　　　　　125
音乐是朋友 　　　　　126

里维埃先生 　　　　　127
音乐是生命 　　　　　129

勒布伦先生 　　　　　131
音乐是振动 　　　　　133

马丁先生 　　　　　135
音乐是鲜活的记忆 　　　　　137

阿萨罗太太 　　　　　139
音乐是飞翔 　　　　　141

弗里德曼先生 　　　　　143
音乐是沉默 　　　　　145

伯拉克太太 　　　　　147
音乐是童年的歌谣 　　　　　149

卢瓦索先生 　　　　　151
音乐是共鸣 　　　　　153

拉莫太太 　　　　　155
音乐是光 　　　　　158

阿代拉伊德女士 159
 音乐是话语 162
卡泽纳夫太太 163
 音乐是挑衅 164
布洛克太太 165
 音乐是危险 166
博尚太太 167
 音乐是解脱 170
卡希尔先生 171
 音乐是节奏 175
里奇太太 177
 音乐是梦 179
方丹太太 181
 音乐是快乐 182
埃莱奥若拉太太 183
 音乐是动作 184
恩达耶先生 185
 音乐是相遇 187
 我的母亲 189
一位朋友的离世 191
 重逢 193

尾声 195

 地下之物 199

参考书目 201
致谢 205

序章

舒伯特《降 E 大调钢琴三重奏》
op.100，行板，呈示部[1]

2012 年 4 月。巴黎，阿莱西亚科里安花园医疗养老院。

这是一所失能老人养老院（Ehpad），窗户前有棵高大的橡树。春日里，树叶在明亮的阳光中摇曳。

在失智老人居住的楼层，有一间名叫"空间"的公共大厅，始终敞开。

"空间"是个奇特的词，我在词典中查询其定义：囊括宇宙的范围，行星之间、恒星之间、恒星系之间的虚空。

每周一，我走进"空间"，关上电视机，如同一种仪式。

电视机整天开着，不过无人观看。关上时，它总是发出一道奇特的响声，好似机器被吞噬了，在一片寂静中留下些许灰色的痕迹。

这一层住着二十位失智老人，特别安装了防护措施，于是又被称为"保护生命单元"。电梯设有密码。每次我走到电梯前，

---

1 从 16 世纪下半叶开始发展的古典奏鸣曲式由三部分组成：呈示部、展开部和再现部。这三部分组成一个乐章。在凯斯勒太太的故事中，三个时刻正对应了奏鸣曲的这个结构。

总是想不起来。颇为好笑。

在"空间"一角,一名老太太大声尖叫,拼命挣扎。两名女护士围着她,一边闪躲她的攻击,一边奋力抓住她,以免她摔下椅子。

护士必须为凯斯勒太太[1]替换绷带。老人手臂上的伤口化脓了。

护士们的身形挡住了老人,我看不清她的脸。她们眉头紧锁,动作紧张。凯斯勒太太有时停下尖叫,试图撕咬护士。

我不知道自己为何在凯斯勒太太面前停下。我一言不发地坐下,在大提琴上为她拉起舒伯特《降E大调钢琴三重奏》行板乐章的主题。

三秒钟,又或许是两小节后,她的手臂放松了,一下子垂了下来。尖叫声戛然而止,房间恢复平静。我终于看清她的脸,目光中透露出惊讶,嘴角绽放出微笑。

那天的包扎十分迅速,我甚至没演奏多久。这已经超越了普通的惊喜,堪称奇迹。我看到两位护士也露出微笑,其中一位甚至大笑起来,对我说:"一定要再来啊,带上舒伯特绷带!"

说得真好,非常贴切,于是这个说法便诞生了,并沿用至今。

当时离开时,我已经意识到发生了很重要的事。这是我第一次清楚看到病人的痛苦得到根本的缓解。一年后,在巴黎圣佩琳娜医院姑息治疗科,面对一百多名临终病人,我把在失智楼层"空间"中自发实验的"舒伯特绷带"打造成一套规范的护理流

---

[1] 为保护个人隐私,书中提到的老人与病人均为化名。

程。对此，科室主任的评价极为精辟："10分钟的舒伯特相当于5毫克奥诺美[1]。"

不仅有舒伯特，还有巴赫、莫扎特、贝多芬、勃拉姆斯、拉赫玛尼诺夫、肖斯塔科维奇，有普契尼和威尔第的歌剧音乐，有琵雅芙、克罗克罗[2]、萨尔杜[3]、阿达莫[4]和强尼[5]的歌曲，有华尔兹和探戈舞曲，有犹太、阿拉伯和非洲歌曲，有布列塔尼和爱尔兰的民谣，有弗拉门戈，有电影配乐，以及福音歌曲、爵士乐、摇滚乐、流行音乐和金属乐！

那一周，我两次回到养老院，为凯斯勒太太换药包扎伴奏，两次的效果出奇地一致。唯有此法，她的疼痛方能缓解。她笔直地坐在扶手椅中，张开双臂接受护理，我一遍又一遍地为她演奏舒伯特《降E大调钢琴三重奏》行板乐章的主题，她容光焕发，照亮了整个房间，照亮了护士和我，甚至照亮了窗外橡树粗壮的枝丫。至少，在我向她告辞离开时，我如是感觉。

---

1 吗啡类镇静药，用于治疗严重癌痛。
2 指克劳德·弗朗索瓦（Claude François, 1939—1978），法国著名香颂歌手，被称为法国的猫王。——译注
3 Michel Sardou（1947—），法国歌手、歌词作者。——译注
4 Salvatore Adamo（1943—），比利时裔意大利音乐家、歌手和作曲家，以浪漫民谣闻名。——译注
5 Johanny Hallyday（1943—2017），法国摇滚巨星，歌词作者，演员。——译注

幸福的记叙

今天，我的这份记叙将尽可能紧扣二十多年的切身经历，并讲述音乐在抵至某些特殊人群内心时所走的神秘之路，这些人包括人们所说的重度自闭症患者、养老院的失能老人、失智人士，以及饱受疼痛折磨的临终患者。

我的讲述并不讲究逻辑，只是力图为我们每个人真正的"核心"留照，我们身上的这一部分至高无瑕，音乐有时能与之相连并令其重振活力。

这是一份幸福的自白。

推动我这样一个音乐人走向治疗，走向"照料"（le prendre-soin）的，不是道德的力量，而是某种天然、本能甚至是野性的力量。

在大提琴圆润的曲线下，音乐成为我的生命，如同一道抵御荒谬、疾病和死亡的城墙，试图与顽强抵抗的"下面的东西"交会。那"地下之物"（la sous-terre）。病床边的音乐。充满信心，令人焕新的微风。

感受，生命旅程中脆弱的优雅。

感恩，汩汩流淌，化作条条小溪，涌向八方。

保罗

巴赫《G大调第一无伴奏大提琴组曲》
前奏曲，略略欢快 [1]

1997年3月。圣但尼，亚当·谢尔登自闭症儿童与青少年医学教育中心（IME Adam Shelton）。

每周五，霍华德都会站在走廊上，鼻子紧紧压着落地玻璃，看着我在房间里，对着保罗，为他演奏大提琴。

保罗是个15岁的自闭症少年，有着惊人的美貌和一双蔚蓝的眼睛。他从不说话，总是面向墙壁盘腿而坐，背脊僵硬，在断断续续的节奏中前后摇摆，眼神固定在遥远空间中的某个点上。有时，他向后仰头，哈哈大笑，接着一下停住，脸上闪过焦虑。他当着我往地上吐口水、小便，然后笑得更大声。他的视线从未与我有过交集。有时，他的目光穿过我却看不到我。一种奇特的感觉。

他一边摇摆，一边发出引擎般连绵的响声，掺杂着几个沙哑的音节，颇难描述，好似介于笑与泣之间。

---

[1] 马克-安托万·夏庞蒂埃（M-A.Charpentier），《作曲规则》（*Règles de composition*，1690）。该专著列出了赋予不同大调和小调的表达特性，或者按作者的说法，"调式的效能"。

在房间尽头，我开始歌唱，开始呻吟，开始像他一般摇晃。这是我在那个时刻唯一想做的。我还未开始演奏，将乐器靠在胸口，感觉古老的木头与我融为一体。这时，保罗开始靠近，他迅速地挪动屁股。现在非常近了，突然朝空中吐了口唾沫，精准得很。他双手接住唾沫，仔细地抹在脸上。湿嗒嗒的手指轻轻碰了碰我的大提琴，仅仅一秒，紧接着用鼻子嗅了嗅琴颈。他希望我也嗅一嗅。现在，他不耐烦地哼哼，离我仅几厘米，抓着我的头发，摇晃得更加厉害。就好像那不是我，就好像我不在那里。我没有挣扎，一言不发。最后他松开我，把脑袋埋在手中，用力抽打脸颊，先是一边，再是另一边，就好像那不是他，就好像他不在这里。现在他哭了。

我开始演奏巴赫"第一大无"前奏曲。琴声响起，他停下动作，也停止哭泣。接着，他如弹簧般一跃而起，跑向房间的一个角落，拿起一根塑料长管，平举在眼睛前指向我。可以说他终于看我了。这是我的第一印象。然而更确切地说，也许他注视的是向他流淌而去的音乐，流淌在他身上的音乐？我无法回答，我甚至不知道存在这些问题[1]。

可以确定的是，我并不害怕，和他在一起，我怡然自得。他亦是如此。

玻璃的另一侧，一团水汽慢慢凝结。如同玩耍的孩子对着玻璃哈出的水汽。霍华德的脸紧紧地贴在玻璃上，鼻子压扁了，变形了，眼里饱含泪水。

---

1 马蒂诺等（Martineau et al.），《自闭症行为儿童建立跨模式联想的不同能力的电物理证据》（«Electrophysical Evidence of Different Abilities to Form Cross-Modal Associations in Children with Autistic Behaviour», *Electroencephalography and clinical neurophysiology*, 1992）。

是不是他看到了我不曾看见的东西？霍华德·布滕（Howard Buten）是临床心理学家，研究和治疗被其他机构拒之门外的重度病例。

> 他们身上必然有许多值得我们学习的东西，包括在让我们感到惊愕的时候。
>
> ——霍华德·布滕

现在，保罗微微地笑了。一道微笑之光，一抹明亮的阴影，给保罗紧皱的额头和蔚蓝的目光带来了些微光明。他放下管子，在我身边坐下。他静了下来。右脸和双手贴在大提琴的面板上。我想，他在唱歌。

穿过墙壁

小时候,在巴黎的家中,入睡前,我会在自己房中隔着墙壁呼唤母亲:"妈妈,我真幸福!"我一遍又一遍地重复着。

我感到十分轻盈,内心一片光明。

我亲爱的母亲就在隔壁的房间,快乐在流动,它穿过墙壁。

这一感觉于我始终未变。此时,我又有了同一种奇妙的感觉。

时日之泉中耀眼的浪花。

面对美好的事物,信任和感谢,如同生活的基石。

保罗：爆炸

巴赫《C小调第五无伴奏大提琴组曲》

前奏曲，昏暗，悲伤

突然一记可怕的巨响，好似阵地战中大炮轰击。是我的大提琴，面板被一拳击破。平生，即使在最可怕的噩梦中，我都不曾想到，一把大提琴会这样在我的胸口破碎。一种难以描述的感觉。一种无边的暴力。我骤然停下，心里怦怦乱跳，被刚发生的一切弄懵了。

"保罗，保罗，你做了什么？保罗……保罗……"

我的身子微微颤抖，心如刀割。一下子感到孤立无助。

我的大提琴破了，然而震惊过后，我坦然接受了这难以想象的现实。

"没关系，保罗。我继续拉。"

我还能继续演奏。大提琴左侧面板破碎，但是琴马和琴弦没事，甚至都没有走音。

我微微颤抖，换了首曲子——爱德华·格里格的《索尔维格之歌》。

接下去几次，保罗盘腿坐着，手不停地在乐器破碎开裂处游走。周而复始，好似一种或许暗藏危险并带有色情意味的抚摸。

他在一旁时不时地偷眼瞄我。

这次事件之后，霍华德禁止我阅读任何有关自闭症的资料，还让我发誓决不试图了解相关内容。"你保证，你发誓，立刻马上。"我发了誓，心里怦怦乱跳。

"你为他们拉大提琴，这一切都非常好。"

在我和霍华德共事，和他那些年轻的自闭症家人接触的六年中，我没有翻开一本关于自闭症的书籍，不曾阅读一篇相关文章。

与保罗第一次相遇整整四个月后，那是一个夏日，我壮起胆子，再次为他演奏巴赫"第五大无"前奏曲。在上次的"炮击"事件后，出于本能，抑或出于害怕，我没有再为他或者为我自己拉过这首曲子。随后发生的一切，直至今天仍然令我十分惊愕。

三小节后，又一记重拳打在大提琴上。面板上的破洞更大了，琴弦仍然没有松，破洞边缘距离琴马只剩下一毫米。

我的大提琴伤重将亡。

保罗第一次直视我。我们对视，互不相让。他要把我看透，沉迷其中。视线相交，目光胶着。

目光要直视他们，还要表现出欢迎和开放，不带任何内容，没有任何判断，如此他们便难以抵抗我们。

——霍华德·布滕

保罗再也没有捶打大提琴。我冉也没有为他拉过巴赫"第五大无"前奏曲。我们在一起度过了好几年。每次演奏,他总是望着我,湿润的手指兴高采烈地在大提琴敞开的琴腹中游走。

是的,里边有个人[1],一定的,霍华德。

---

1 **这是霍华德·布滕一本书的书名:** *Il y a quelqu'un là-dedans*(Odile Jacob,2003)。

霍 华 德

1974年，美国，底特律，节育中心。

24岁那年，霍华德·布滕认识了一个名叫亚当·谢尔登（Adam Shelton）的自闭症儿童。

据他的描述，那简直就是一股飓风化作了男孩的模样，冲进候诊室，扑倒在地，蹬直双腿，双眼紧闭，前后摇摆，"吐出的音节就好像在吞咽什么东西，实际却无任何东西入喉"[1]。于是，霍华德像他那样扑倒在地上，因为，他解释道："我认为当时我想向他表示敬佩。"

此后数年的岁月，他全部贡献给了亚当。

从那天开始，一个问题始终萦绕在他心头：为什么与自闭症患者一起时，他感觉回到了自己家？

更确切地说："回到了自我，回到了心之所处。"

霍华德在底特律出生，从小唱歌跳舞，拉小提琴。他是哑剧演员、魔术师和会腹语的口技师，梦想成为流浪者，在

---

[1] 霍华德·布滕，《穿过玻璃墙》（*Through the Glass Wall*, Bantam, 2004）。

马戏团工作。他的母亲曾是马戏团儿童演员——"16岁退休"——教了他跳踢踏舞和花样滑冰。他还学了杂耍、杂技和独轮脚踏车。后来他开始吹小号、打鼓、弹吉他、敲打击乐,最后学了作曲。

在遇到亚当的前一年,霍华德成功塑造了小丑布福(Buffo)。

他也是临床心理学博士,出版了《五岁时,我杀了我自己》(*Quand j'avais cinq ans je m'ai tué*),在法国声名鹊起。

一天,霍华德告诉我,如果有人用枪抵着他,迫使他在三种职业,小丑、心理学家和作家中选择其一,那么他选择和他的自闭症家人在一起。

他一动不动地站在我面前,站在一群年轻人中间,抬起食指抵着太阳穴,不带一丝笑意,目光环视四周。

阿梅莉亚

巴赫《D小调第二无伴奏大提琴组曲》
前奏曲，适合轻盈与温柔[1]

1998年5月。圣但尼，亚当·谢尔登自闭症儿童与青少年医学教育中心。

阿梅莉亚用头顶人。从身后顶，从正面顶。她还咬人，又抓又掐。不见血，她便一直抓。她对其他人，所有其他人——亚当·谢尔登中心的其他年轻人、医护人员、她的家人——充满了攻击性。但对她自己这个他者也一样。

今天，我的手上仍有着她留下的许多伤疤。与这位刚满18岁的女孩在一起，流血是仅有的交流。

大提琴声响起，她发出狼嚎般的尖叫。她只喜欢温柔的旋律。在舒伯特《阿佩乔尼奏鸣曲》慢乐章的乐声中，她渐渐平静下来。

她比我晚来中心一年。此前，她住在精神病医院，一直被

---

[1] 让-菲利普·拉莫(J.-P. Rameau, 1683—1764)，《和声学》(*Traité de l'harmonie*, Paris, 1722)，第二卷，第廿四章。

捆绑了两年,最后几个月在强效安定药[1]的作用下终日昏昏沉沉。霍华德告诉我们他如何通过极其繁复又荒诞的手续,才将她接出医院。霍华德从不抛弃任何一个患者。我还记得他曾闪电般在一日内往返布拉格,当时小丑布福正在捷克巡回演出,他匆匆返回巴黎只为给保罗开药。

来到中心的早上,阿梅莉亚被释放了。这是霍华德告诉她的原话:释放。那天我并不在场,后来听说她从墙上拽下灭火器,砸坏了一切。中心不得不暂闭两天进行修复。

> 有时候,我告诉自己,最后我会买座荒岛,带走世上所有的自闭症病人,他们将和我一起住在那里。
>
> ——霍华德·布滕

霍华德梦想创造一个世界。在那个世界中,阿梅莉亚的暴力不会被经验为暴力,从而不存在。

不知多少次,我看到他结束了对一些极端暴力的年轻患者——按他的话说"重症病例",比如说小贾迈勒——的治疗,走出地下室,脸上挂着各种抓伤、擦伤,额头淌着血。确实,贾迈勒极度危险,他只有一个目标:趁我们不注意,从背后发起突然袭击,戳瞎我们的眼睛。而霍华德在他的地下小天地里,无所畏惧,或者至少不表现出任何惧意,以灵活的身姿,尽力避开攻来的牙齿、指甲和拳头。在那个世界中,霍华德坦然接受没能躲开的抓咬和击打。其他时候,他模仿这些孩子。当然,他治愈不

---

[1] 用于控制或者减轻某些精神病的药物。

了他们。他在转变他们。

音乐，然而唯有音乐，才让阿梅莉亚起意靠近我。流血之后，是温柔的抚摸。她靠近大提琴，动作举止蒙上了一层前所未见的柔和。她看似脱离了世界，只留下一个黑暗的剪影，然而黑暗中，一抹微笑一闪即逝。听到音乐，她的眼睛闪闪放光，有时我竟担心会引发火灾。

来到中心两年后，阿梅莉亚脱胎换骨。

霍华德将阿梅莉亚母亲寄来的照片贴在中心的照片墙上，照片上她微笑着，在家人簇拥下，坐在圣诞树旁。

我的父亲

我本可以像我的哥哥、父亲和祖父那样成为一名医生。这是我最初的梦想。

我的父亲是一名医生兼艺术家。

他出诊时,有时会迟到五个小时、七个小时,甚至两天后才出现。他的时间观念非常"私人"。

"医生总是迟到,但从不缺席。"[1]

午夜时分,他按响门铃,走进公寓。他还没吃晚饭,于是要一碗汤。之后,他坐到钢琴前,弹一支肖邦的夜曲,经常是第二号,降E大调那支,弹完小心翼翼盖上琴盖,戴上小帽子起身告辞。病人说:"医生,您还没听诊呢。"他神色自然地回答:"您已经好多了,我们下周再见。"

"医生经常坐在钢琴边,因为音乐是对生命的呼唤。"[2]

---

[1] 1994年9月27日,让·马厄(Jean Maheu)在蒙巴纳斯犹太人墓地乔治·奥佩尔医生葬礼上的致辞。
(让·马厄,1931—2022,法国文化人士,高级公务员,曾先后担任蓬皮杜中心、法国广播电台总裁。——译注)
[2] 同前。

我的父亲是一个难以捉摸的人,一个难以模仿的艺术家。

为了去给病人看病,他的足迹遍布整个法国,甚至更远的地方。

所有人无一不期待他的到来,所有人都爱他。他不总是收费,却十分乐意捎回些患者家庭自制的大黄果泥、安德列斯式牛奶米布丁和新鲜蔬菜浓汤。

"一位不知疲倦的医生,工作时一丝不苟;一位充满天赋,重视灵感的医生,诊断从未出错,他有着完美无缺的道德,真正的无私,因为秉性如此。"[1]

他担任巴黎许多剧院的当值医生,包括奥德翁剧院和玛德莱娜剧院。他经常带我去观看演出。然而,我想我从未看到过第一幕,一出都没有,我们总是迟到。我们走进大厅,打扰一整排的观众。"对不起……不好意思……"人们站起身让我们通过。后来,在我的音乐会上,我从台上望向半明半暗的观众席,他的位置久久空着。然后突然,在奏鸣曲的某个乐章,一排观众一个个起身,我望过去,他的鹰钩鼻穿过黑暗。"对不起……不好意思……"他走向自己的座位,无忧无虑地在观众席上搅起微澜。他似乎毫不感到局促。幕间休息时,面对不认识的观众,他会随意发问:"您听得还

---

[1] 同前。

满意吗？"然后不待对方回答，如孩童般自豪地告诉人家："您知道吗，那是我女儿。是是是，就是我女儿。"

"一位始终奉献的医生，毫无压迫感，充满人情味，极其坦率。"[1]

我的父亲，一个独一无二、特立独行的人。

他与众不同、难以归类。因为不愿选择、不愿拒绝这个偏爱那个，他将所有东西都一分为二。我曾见他把面包掰成两半，无论面包大小；把自己的汤分成两份；把像气球一样鼓在口袋里的药分成两份。他罹患颌骨癌去世前不久，还将止疼药一分为二。

"一位纯粹的医生，人性的艺术家。"[2]

我的父亲，他是个谜。

---

[1] 同前。
[2] 同前。

迪朗

巴赫《C大调第三无伴奏大提琴组曲》
前奏曲,欢乐与感恩之歌[1]

1999年9月。圣但尼,亚当·谢尔登自闭症儿童与青少年医学教育中心。

每周五,还未推开中心的玻璃大门,我便会听到花园深处传来尖叫声。这是在向所有人宣布我到了。迪朗究竟是如何**在我到达之前**就觉察到我?中心里没有人能回答这个问题。她动作僵硬地四下走动,拍着手,快乐地尖叫。"呦,克莱尔到了。"一位特教员说。

迪朗是库尔德人,14岁,有着一双绿色的眼睛和一头浅色的头发。她极度兴奋地冲向专供我和她"大提琴时间"的小房间,沙哑的喉咙从抑扬顿挫、尖锐持久的高音一直转为穿透一切的低音。我坐下准备开始,她更加兴奋了。她走近我,抓起我的双手,放在大提琴指板上,并拖着我的手指在琴弦上从上至下移动。她想表达的意思很明确:"为我演奏肖斯塔科维奇《大提琴

---

[1] 让-菲利普·拉莫,前揭。

与钢琴奏鸣曲》快板乐章和声段。"迪朗是一位细腻的音乐家,有着精准的品味。她的最爱便是奏鸣曲的这个乐章,回旋往复,极具爆发力和诙谐性。几个星期以来我一直为她演奏这首曲子。我若是小心翼翼地试图换一首曲目,她立刻会发疯般冲向我,将我的左手放在指板上,按着琴弦从上向下滑动:肖斯塔科维奇《奏鸣曲》快板。她清楚知道自己想要什么,并明确向我要求。和保罗一样,她生来不曾说过一个词。

音乐似乎能够为迪朗填补语言的空白。她在内心深处,对音乐拥有某种预知。因为每每捕捉到旋律的变化,她的脸上便露出慌乱的抽搐:琴声进入乐句展开部分,紧张;乐波渐趋平静重新回归主调,高潮的迷醉,松弛。听到琴声,她便陷入狂喜。头向后仰,欢快地尖叫。她总是背靠暖气片,脑袋猛烈地撞墙。有一次,她滑倒在地上,头撞到了暖气片,鲜血淋漓。她毫无感觉,继续笑着,拍着双手。接着,她擦去流下的鲜血,双颊通红,要求我再演奏一遍肖斯塔科维奇《奏鸣曲》快板。

关于自闭症的著作数不胜数。正如霍华德时常所说,读得越多,就越感迷茫;对于所知的那一点点东西写得越多,就越感矛盾和神秘。想给自闭症下定义,总会遭遇各种例外情形。

尽管我庄严地对霍华德作出承诺,但还是忍不住不露声色地了解了一点。我得知一些人认为自闭症是出于器质原因,另一些人则倾向是心理原因,还有人提出是遗传。在儿童自闭症[1]最早的定义中提到"孤独离群"、"拒绝变化"以及"语言障碍"。我发

---

1 莱奥·坎纳(Leo Kanner),《情感接触的自闭性障碍》(Autistic Disturbances of Affective Contact, 1943)。

现临床诊断标准形形色色：交流障碍、自我封闭、刻板重复的动作、拒绝外在环境的变化、缺乏情绪流露。

霍华德却称他与每一位自闭症患者相处都极为融洽，能够与每一位患者交流。他说，从外部看，这一点或许明显程度不一，但是他每次都能感受到。我发现的首要事实是，我和我的大提琴也感受到了。每次都感受到。

> 我认为对他们的爱，必须基于他们本身，而不是他们应该是或者他们应该成为的模样。
>
> ——霍华德·布滕

音乐穿过了年轻患者的"隐形之墙"[1]，直至意想不到的深处。当言语难以企及，音乐有时安静地拂过，直达"地下之物"。

充满信心。

快乐流动。

---

[1] 参见霍华德·布滕《穿过玻璃墙》。

大 提 琴

6岁时,我有了钢琴启蒙老师,是一位富有魅力的女士,梳着灰色的发髻,皮肤皱巴巴的,唯一令我印象深刻的是,每次上课前她都会给我吃涂抹着草莓酱的大块面包干。

8岁那年,一天下午,父母带我来巴黎听一场音乐会,那是他们的一位钢琴家朋友,极具才华,年事已高,久已阔别舞台。他和一位年轻的女大提琴家共同演奏贝多芬的奏鸣曲。

我对大提琴一见钟情,它把我击中,比一声惊雷更加震撼。

炽热、圆润、哀怨的琴声。当第一个音响起,我便认定这是我终生的乐器。

回家途中,我声嘶力竭地宣布:"我要拉大提琴。"

14岁时,我在圣日耳曼昂莱的诺瓦耶公馆举办了第一场音乐会。我演奏了朱塞佩·萨马丁尼[1]的大提琴和钢琴奏鸣曲。在最后一个乐章的结尾处,我拉错了一个音,我强忍泪

---

[1] Giuseppe Baldassare Sammartini(1695—1750),意大利巴洛克时期作曲家。

水，难过得说不出话。

演出结束，一位女士来到我面前，向我致意。我已经记不清她的模样，但我的眼前经常浮现出她苍白的脸庞、头上的发带，以及眼中的光芒。

"如果您是位医生，您已经治愈了我。"

我清楚地记得，这番话令我整个人猛然一震。

突如其来地锁定了一种根本的直觉。

滔天巨浪在我灵魂深处缓缓涌动。

大卫

巴赫《降 E 大调第四无伴奏大提琴组曲》
前奏曲，非常哀婉[1]

2001年1月。圣但尼，亚当·谢尔登自闭症儿童与青少年医学教育中心。

大卫体重达110公斤，由两位特教员拖着进入房间，我在那里等着为他演奏。无论到哪里，他都要人拖，这是他最喜欢的出行方式。他被拖至房间一角，曲着膝盖，紧抱双臂，巨大的身子折成一堆，一块块肉挤得紧紧的。他缩着脖子，面朝着墙，手指插入眼睛。大卫18岁，不聋也不哑，但他也不会说话。唤到他的名字，他也没有反应。

他躺在地上，脸转向墙壁。一片寂静。我拉响大提琴，他庞大的身躯蜷缩得更紧了。大拇指放在耳边，手指在眼眶里按得更深。大拇指放在耳边，大卫在耳朵旁边堵耳朵！这是因为他的耳朵没有耳朵的形状，只是脸庞两侧的小孔。它们如同消失了一般，失去了原有的形状，随着寂静变得平滑，陷入了脸庞。因

---

[1] 约翰·马特松（Johann Mattheson），《新式乐队》(*Das neu-eröffnete Orchestre*, Hambourg, 1713)。

此，只要在耳边稍稍用力，便再也听不到周围任何声音。一片寂静。

整整一年，每周五，我在大卫紧紧堵住洞形耳朵的寂静中为他拉琴，每次从巴赫的六套组曲中选择一组，从头到尾拉一遍。他就这样听了好几遍完整版的组曲。九遍。某个周五下午，霍华德认真计算后得出了答案。

> 首先，必须要争取他们的注意。我们必须想方设法在他们眼中显得有趣[……]，每次都必须有所改变，有所发明。
> ——霍华德·布滕

三周后，大卫的手指终于从洞形耳朵上挪开，他快速地瞄我一眼，很快又再次塞住耳朵。确实，想要堵住洞形耳朵轻而易举。

初春时，大卫第一次笑了，他笑了一秒。如一道光的微笑，奇迹般的微笑。

大提琴声一次次响起，他微笑的次数越来越多，时间也越来越长。一天，一声闷响，他突然转过身，与我迎面相对。他有时让我想到一条硕大的鱼。

他再也不堵耳朵。他开始听。终于，5月初，他挪动身躯靠近我的大提琴。他抚摸它，闻了很久，还会舔它。他把头搁在面板上，看上去十分高兴。

6月，大卫站起身，一个人爬上钢琴前的琴凳，霍华德十分震惊，他走进房间，悄然无声地坐下。

大卫从未学过钢琴，他并不会弹。但我们依然开始了最初的音乐对话。一种完全信任的氛围。一场绝对的冒险。在那之前，我从未知道这样的对话是如此幸福。我想我从未有过如此深刻的音乐交流。

有些时刻，尽管短暂，却足以让人深感不负此生。大卫在巴赫全部六组"大无"整整九遍的演奏中逐渐挺立绝对是其中之一。

> 我认为无论结果如何，他们都应该接受教育，练习与人交流。
>
> ——霍华德·布滕

大卫生活在不协和音程的世界里。弹琴时，他只用左右手的两根手指，只弹小七度[1]，节奏紧张、破碎，连绵不断。降A/降G，降A/降G……霍华德将这个钢琴新流派戏称为"二指流"[2]。

在那几个月中，我们轮流演奏。听到别人呼唤他的名字从不回应的大卫居然开始服从我的指令了。"大卫，该我了。"他停下手指，让我演奏。他坐在琴凳上，弓着背，隐隐约约地微笑，等候我的乐段结束。"该你了，大卫。"

大卫从未放弃"二指流"，不过他的演奏有了长足的变化。最初，他只触碰黑键，柔和的半音从指尖流出。对于钢琴上的白键，他只是看看，不敢尝试。后来的一天，他终于跨出这一步，按下了白键，探索一种更自由的声音氛围。接着他在低八度里发现了他钟爱的音程，久久沉浸其中，他似乎非常喜欢听到异中有同。而当他以一种全新的方式奏响这两个如此熟悉的音符，第一

---

1 紧张甚至不协和的音程。
2 霍华德·布滕，前揭。

次弹出而非拆解和弦时,他停下了一会,看上去有些吃惊。有一天,他发现自己能够精确地将速度放慢一半,又出现了同样的反应。他的音乐经验游走在已知与未知的边缘。这让他经常大笑,我也是。大卫不断丰富着与声音世界的关系,他在探索。我则始终通过大提琴回应他。我亦步亦趋地模仿他,彻底完整地模仿他。渐渐地,在保持原来的音程结构不变的基础上,他拓宽了音域,向钢琴最低和最高的音域延伸。我也在大提琴上作同样的尝试。我看到他整个人牢牢地钉在琴凳上,上半身倾向钢琴右侧,手臂和脖子伸得很长,以便弹奏出琴键上最高的音。他经常会在那个位置上卡住。我必须站起身,用尽全身的力量帮他重新坐直。他还在等新的指令,继续探索。于是开始朝另一个方向倾斜。几周后,他自己挪起了琴凳。我们的两种琴声不断交替,这是一种服从,他沉醉其中,幸福地大笑。

要建造一栋房屋,用目光建造,专门为他们设计,大门敞开,用他们的颜色粉刷,配上他们喜欢的家具。

——霍华德·布滕

我引领着大卫。自从不再捂住洞形耳朵以后,他就没法真正抗拒我了。大提琴的琴声响起,圆润、炽热、哀怨的声音攫住了他,这种律动吸引了他。对他而言,曲目无足轻重。凭借纯粹的本能,我冒险进入一片未知之境,超越所学与所知的一切边界,如履薄冰。在即兴发挥中,我试图突破乐器的极限。交替的琴声化为交融的琴声,那是因为我们的言语开始混合。这是我向他发出的指令。"大卫,一起来。"琴弓飞快,琴弦尖叫。速度越来快，旋律断断续续。大卫积极回应。大提琴声涌入隐密的缺口，在某些地方刺穿"隐形之墙"。鼓气、挠痒、磨牙、呻吟、抱怨、口哨、哽咽、恳求、打嗝、抱怨、牢骚、暂歇。有时是静默。

我们的演奏交相呼应，相互交融。我们尝试音量渐强，从pianissimo[1]到极强。大卫顺从地跟着我，敲击琴键，力道越来越大。他非常喜欢。当我开始转向渐弱时，有时他拒绝跟随我。但大多数时候，我能"留住"他，带领他踏上回归缓和的道路，走向余音袅袅的寂静。

既然没有人知道怎么做，我们只能选择无条件的尊重。

——霍华德·布滕

有时候，我不请自来，涉足大卫的不协和音程的世界。这时，他会把我引向某种深渊。大卫的世界是一个流沙的世界。我跨越边界，危险地陷入其中。我感到这些小径于我而言是全新的。而大卫，他走向我，脚下的路也是全新的。我们的律动完美匹配，有时难以区分两种乐器的音色。我们融合在一起。难以想象。

而当我突然"离开"，不做预先通知便转向另一个声音方向，转向我的世界，转向更加"协和"、更加稳定的音程，或是意料之外的旋律，我想迫使大卫跟上我，来到我的世界。我是不是唐突他了？背叛他了？他好似被烫到一般，立刻从琴键上缩回双

---

[1] **极弱。音乐术语，规定演奏力度大幅降低。**

手，再次堵住洞形耳朵。陷入了惊慌。越过了不协和与协和的临界点。大卫并不完全顺从，他会退缩。

和他们在一起的日常，每分每秒，我的使命就是利用我这个人使他们在生命的每时每刻都感觉更好。

——霍华德·布滕

音乐使他得以表达自我？音乐在他身上引发了全新的感觉和情感？他是否确实在创造一个属于自己的声音世界？

"一段没有故事可叙述的旅行，穿越了丘陵，穿越了起伏迷人的、纯粹的情感之地。"[1]

霍华德后来如是描述我们的音乐之旅。

面对这些所谓"无法交流"的孩子们，我不知道每次怎么会想到以某种方式演奏某个乐段。我知道巴赫的哪一号组曲能使保罗平静下来，抑或将他变成大提琴杀手。我知道哪支曲子能安抚阿梅莉亚，使她不再撕扯我手上的皮肤，将攻击性的抓挠转变为亲吻。我知道那段奏鸣曲乐章让迪朗高兴地从地上跳起来，我也知道哪个音程能够使大卫站起来，甚至有时将他变为合奏的钢琴师。

我几乎没有阅读过任何有关自闭症的资料，我并未意识到，我在声音世界出于本能运用的方法，其实与霍华德毕生贯彻、确立的方法如出一辙，那便是模仿与共情。

---

[1] 霍华德·布滕，前揭。

相 遇

1996年。巴黎，卢浮宫音乐厅。

我偶然参加了一场名为"艺术与医学"的研讨会。会场上，我与霍华德·布滕第一次相遇。好吧，"相遇"，这说法有些夸张。

大厅中坐满了听众，我加入其中。讲座结束时，我无法走近。霍华德·布滕名声在外，那一晚许多人排起了长队，只为向他致敬。

在这场讲座中，我唯一记得的一句话，是当听众里一位激动的女士向他提问时，霍华德带着些许美国口音的简洁回答："自闭症吗？……我们一无所知。"

听到一位在自闭症方面享誉国际的临床专家这样说，台下一片寂静，气氛有些尴尬。我的内心却一阵颤动，那是一种奇特的共鸣，是儿童时代流动的快乐，与第一场个人音乐会上，那位生病的女士眼中透露出的涓涓细流般的光芒，这两者间的共鸣。

几周后，我前往巴黎拉尼拉格剧院看小丑布福的演出。

舞台上，布福走向前，脸上抹着白粉，黑眼睛在眼眉墨的衬托下显得更大了。他就所处的世界提出众多问题，却鲜有答案。他有众多烦恼，但总体上都能解决。他有许多失望，不过快乐也不少。纯粹诗意的角色，深沉忧郁，但从不多愁善感，布福拖着一双大鞋子、牵着自己的塑料母鸡从舞台昏暗处走出。他对大提琴十分着迷，台口专门有一盏脚灯为他的大提琴打光。大提琴背面还开了扇门。每天晚上，布福小心翼翼地打开它，从中拿出一把袖珍小提琴，靠在胸口，温柔地摇晃，许久方歇。

我壮起胆，怀着莫大的勇气走进他在后台的休息室。信任的基石，将我和自己相连。

确信有一种亲近。

再一次，我感到同样的浪涛在内心深处翻涌。与霍华德更熟悉后，他说过他身上的这种同样的感觉，"从小"看到某些事情或者某些人也会冒出来："一种无名的感觉，难以描述。不是悲伤，也不是快乐。但非常强烈，纯粹的情绪。"

"您好。我是大提琴手。我们能不能共事？"

他盯着我，大大的眼睛透出悲伤，又带着些许笑意。后来我才知道他不惧寂静。

过了很久，他才简洁地答道："我会给您写信。"

失智老人"空间"

圣桑《天鹅》

2012年5月。巴黎，阿莱西亚科里安花园医疗养老院。

养老院窗户前，大橡树的叶子优雅地摇曳，一片绿意盎然，等待夏季的到来。

大部分老人躺在扶手椅上小憩。午睡时间。我一边关电视，一边和奥利维耶太太打招呼，她在圆桌边上昏昏欲睡，厚厚的镜片后面，眼皮轻微地颤动。她身材壮实，双脚肿胀扭曲，唯有借助起重工具才能将她从一把椅子挪到另一把椅子上。奥利维耶太太被诊断为精神分裂症。每周一，她午睡醒来，望向我的双眼充满焦虑。这种态度让人丝毫想不到之后会发生的奇迹。

老人们渐渐来到"空间"厅，犹如一支溃败的军队。有些人拄着拐杖踱着小碎步，另一些人推着助步车。其他人坐在轮椅上，由护工慢慢推行。已经来到大厅的老人走近圆桌，桌上杂乱地堆着打击乐器、沙球、雨棒、铃铛、丝巾、颜料、纸张、鲜花和树枝。

有些老人尖叫着走进房间，互相咒骂，打破寂静。其他人一言不发。一位女士斜着身子，看上去像法语里的开音符，快步冲来。她灵活地避开脚下各种障碍物，迅速坐下，又站起，再坐下，作势要离开，然后又坐下。三年来她每天从早到晚重复这些动作，似乎任何力量都无法使她停下。没有人留意她。

博里瓦奇太太坐在轮椅上，由护工推着隆重地进入房间。她的头发梳得整整齐齐，穿着花衬衫，戴着金坠子，脸上没有一丝表情。被推到位子上后，她粗暴地呼喝护工："蠢货！笨蛋，滚！"她用带着优越感的目光扫过其他老人："我在这做什么？"接着不等回答，立即继续说道："我啊，我本想成为歌手，但是父母对我说，既然你有一副好嗓子，那就去当律师吧。"我们一起度过了一百二十二场演奏，每场伊始，她都要讲一遍这件事。这就像是关电视之后的另一个仪式，一首不变的序曲，引出她华丽演绎的舒伯特艺术歌曲和法国歌曲。她确实有一副好嗓子，嘹亮有力，圆润甜美，堪比歌唱家。

我欣然加入"疯子"的圆桌。琴声响起，圣桑的《天鹅》落在圆桌中央。

我的左手边，凯斯勒太太随着音乐露出微笑，不耐烦地哼哼。

"啊，亲爱的……您总算来了。"

接着，蒂斯朗太太、巴泰尔米太太、勒纳尔太太、若利太太和勒迈特先生纷纷加入，围着圆桌坐下。随着琴声，蒂斯朗太太立刻颤着嗓子哼起来，博里瓦奇太太冲着她喊："闭嘴！闭上你的嘴。"

凯斯勒太太生硬地打断她："该闭嘴的人是您自己。您毁了伟大的音乐。"

博里瓦奇太太朝着众人又好气又好笑地瞥一眼，继续喊着：

"闭嘴！你闭嘴！"

两人身旁，巴泰尔米太太小心翼翼地将双手搭在膝盖上，眉头舒展，眼睛望向天花板，唱起了"天鹅"。平日里不绝于口的神秘难懂的语句到此暂歇。若利太太位置稍稍靠后，紧闭双眼，头部后仰，流着口水，布满皱纹的干瘪脸庞上微微浮现出笑容。至于勒迈特先生，他一眼不发，蜷缩着身子，双肘挡住脸，内心偷偷地微笑。

于是圣桑的"天鹅"起飞了。在拥挤的圆桌上方，它舒展身子，扫开铃铛和落叶。失智老人们害羞地伸出手，试图抓住"天鹅"的双翼。某种舞蹈在美妙的低喃中诞生。接着，乐声和歌声一下子涤荡了空气。整个"空间"随着这一蜕变腾空飞起。一种摇晃的力量托举着身体，让心灵在一片金色的光芒中旋转。

开始时，护工们一动不动地站在稍远的地方，此刻也活跃起来。她们露出笑容，拍着手。接着跳起了舞，甚至跳起华尔兹。五年中，一百二十二次，每次四十五分钟，老人们的尖叫一定会让位于齐声歌唱。

充满信心。

快乐流动。

"天鹅"飞上了蓝天，蒂斯朗太太壮起胆，再次哼唱起来，不时偷眼看看博里瓦奇太太。博里瓦奇太太早已开唱，天籁之音。勒迈特先生从手肘处稍稍抬起头，有节奏地用指尖轻触圆桌。若利太太朝着我的方向微微睁开眼睛，跟着音乐的节奏难以察觉地挪动瘦瘦的双脚。对她无法动弹的身体而言，脚趾如此的运动幅度可以说更甚于朝着太阳展开的庞大的天鹅之翼。

凯斯勒太太望着我唱歌，眼睛中闪烁着光芒。她抓起身前的鼓，跟着节奏兴奋地敲打。

"天鹅"离开了"空间"，随着大提琴发出最后一声叹息般的长音消失在天际，整个房间定格在了春日的寂静中。我率先打破这份寂静，说道："天鹅冲向天空……"我想让语言加入庆典，邀请老人们进入诗的世界。凯斯勒太太接了下去，嗓音似祈祷一般：

"天鹅飞向天空，

"那是它们的王朝。

"哦！白色的天鹅

"我在蓝色的天空中看见红色的你……"

如同有一根隐形的丝线牵引，一首诗诞生了。

随着她的嗓音，思想好似一阵风，吹进微微敞开的内心，时而是轻柔的微风，时而是摧枯拉朽的暴风。新的话语喷涌而出，鼓声咚咚，铃声叮当。一种异样的热情笼罩所有人，把我们带向共同的飞腾。我再次演奏了天鹅的诞生和起飞，天鹅之死及复活，柔和的乐声中掺杂着血红的天鹅之翼的摩擦声。从声音的肚腹中七嘴八舌地冒出语句，误打误撞发出的元音，结结巴巴吐出的辅音，构成宏伟的篇章。

凯斯勒太太吟诵道："天鹅，它来了，它展开了双翼。"

"双翼……双翼……双翼……"蒂斯朗太太患有失语症，总是在听到旁人的话后，如同抓住阳光中飘浮的灰尘那般，迅速地抓住几个词，不断重复模仿。

凯斯勒太太接着说："如此优雅，宛如天仙；如此美丽，分外纯洁。"

蒂斯朗太太不断重复:"双翼,双翼……"

勒纳尔太太蹑手蹑脚低声加入诗篇:

"直接地!"

奥利维耶太太大喊:"在内心!"

蒂斯朗太太接着重复道:"在内心,在内心……"

奥利维耶太太用眼角瞄我,有些担心自己说错了或做错了。

博里瓦奇太太唱道:"多么美啊!"好似在练声一般。她用歌唱代替吟诵。

奥利维耶太太接着说:"多么美啊,多么美啊。天啊!"

"天啊……天啊……"

老人们脱口成诵,速度越来越快。我的大提琴拉起了新旋律,慵懒的小夜曲、小步舞曲、轻快的华尔兹、探戈、惆怅的哀歌或者爱情歌曲。我为他们的诗歌配乐,助其成形,继续旅途。歌唱催生了诗歌。而诗歌,从打了结的喉咙中喷涌而出,把"空间"里的失智老人变为游吟诗人、唱诗班学员。

其他人,那些不能说话或不能唱歌的人,挥舞着五颜六色的方巾,双手颤抖着摇动铃铛,敲响打击乐器,护工们毫不犹豫地加入。鲜艳的丝绸面纱如缤纷的阿拉伯花体字在空中飞舞,随着旋律摆动,在轮椅上方相缠相离。圆桌边上,所有人以各种方式舞动,用脚、用手,或动动下巴,有时是目光。甚至只是眨眨眼也足以加入这场热烈随意的舞蹈。

声音的力量诞生了动作,寂静的话语变得可见,在"空间"中展开,这里成为了行星之间、恒星之间、恒星系之间的无垠空间。

双翼如绸缎般的"天鹅"变得快乐了。

俄罗斯

1989年10月。莫斯科。

冰冷的早晨，白俄罗斯火车站内挤满了人。我坐了50个小时的火车，穿过了两德、波兰、白俄罗斯、乌克兰以及俄罗斯一望无际的冰原。我的脸贴在火车玻璃窗上，我的大提琴始终在身旁。

火车到站了，喝足了伏特加的检票员步履蹒跚，帮我取下两个巨大的铁皮旅行箱，里面装满了我认为当时在苏联缺少的物资。我几乎不会说俄语，但心情雀跃。我将实现我的俄罗斯梦，没有比这更重要的了。我来莫斯科柴可夫斯基音乐学院学习大提琴！

那个时候，我不曾想到这四年会对我的生活产生天翻地覆的影响。

音乐学院的学生宿舍是一栋长长的砖结构大楼，年久失修。我与一位来自巴库的亚美尼亚小提琴手共享一间小屋。在我到达后不久，她的家人遭到阿塞拜疆政府的驱逐[1]，举

---

[1] 1989年，其家人在纳戈尔诺－卡拉巴赫战争（1988—1994）期间被赶出阿塞拜疆。这场战争是纳戈尔诺－卡拉巴赫自治区的亚美尼亚族和阿塞拜疆共和国之间爆发的军事冲突。

家来到莫斯科，搬了进来。

宿舍的窗户玻璃不少地方都碎了，尽管我们用了几公斤棉花堵住双层窗上的小洞，莫斯科冬日的寒风依然凛冽刺骨，晚上我们只得穿着大衣入睡。

公共浴室的地面很脏，我们不敢光着脚进入，只能穿着塑料高跟鞋去洗澡。有一半的时间，我们走进浴室，发现莲蓬头已经被先洗的人偷走了。最后我不得不自己弄来一个，每次洗澡时随身带进浴室，拧在出水口，洗完后拿回房间，待下次洗澡时再用。

在宿舍楼，即使是最简单的行动都像一场复杂的远征。每天早上，太阳还未从天际升起，我从冰冷的床上爬起，向宿舍琴房管理员帕尼亚预定一间地下室。帕尼亚是位身材矮小的俄罗斯大妈，有着一张俄罗斯童话中的大脸，头戴碎花头巾，整天划着十字。一见到我，她便会张开双臂将我拥入怀中，温柔地呼唤着我的昵称。在路上我还会遇到几只迷路的老鼠，或者几位眼神呆滞的同学，步履蹒跚地摸索，找不到自己的琴房。

练习时，我用自己的大提琴，而那些学钢琴的同学常常十分懊丧。供他们练习的钢琴破破烂烂，或是少了琴键，或是不见、被盗了踏板。多少次我在地下室的走廊上看到同学抱着钢琴键盘走过，过了几天又抬着琴房的门，毫无疑问，是为了代替夜里不翼而飞的东西。

我还记得有位来自法国的小提琴家朋友,他不堪忍受脏兮兮的宿舍,每天在同一个时间搭乘出租车前往法国驻莫斯科大使馆上厕所。

我们吃得不好,菜式几乎一成不变。储存的法国食物一吃完,我就立刻前往食品店。商店入口处或者街上总是排着长队,人们总是先排队,甚至不知道店里出售什么。运气不错时,能遇上香蕉。顺利的话,我能够及时买上几公斤。我排进长长的队伍,一眼望不到头,内心期盼会有好吃的。我问排在前面的人:"这里卖什么?"那人头都不回,回答十分简练:"吸尘器。"当我离开时,听到抗议的吼声:"够了!你们怎么能一次卖给他五台以上!"

日常生活中充斥着无尽的等待。当我想给在法国的父母打电话,我必须坐出租车前往中央邮电局,路上耗费一个小时。接着再等上几个小时,终于叫到我的号码,我走进一间木制的电话亭。运气不佳的话,其实大部分时候运气都不好,家里没人接电话,我垂头丧气地离去,打辆黑车,讨价还价后花几个卢布再次穿过整个城市。莫斯科,一座蜘蛛网一样的城市。

有时候会遇上没有车底的出租车,坐在车上必须将双脚小心翼翼地放在两旁,我看着靴子在灰色的积雪上飞快地划过,耳边当地的广播声嘶力竭地播放着歌曲。

宿舍里,所有的请求都由管理员裁决。有一天,我想要换房间。于是我来到她的办公室，内心怦怦乱跳，在她的办公桌前坐下："请问我能不能换个房间？"她一脸严肃，面无表情，紧闭的双唇吐出两字："不行。"她身穿制服式样的外套，有一头淡金色的头发，淡蓝色的眼睛没有丝毫温度，即使没有真正望向你也能穿透你。我再次请求："请问我能不能换个房间？"这一次，我偷偷地从桌子下面将一盒"香榭丽舍"牌巧克力放到她的膝盖上。"可以。"她的回答几乎是自动的，既没有张开双唇，也没有露出微笑。

当天晚上，我就住进了新房间，窗户玻璃上没有小洞。

我从未感到如此幸福。

"空间"的诗人

维瓦尔第《四季》

2012年10月。巴黎，阿莱西亚科里安花园医疗养老院。

养老院窗前的大橡树上，一片片红色金色的树叶微微颤动。秋日点燃了老树。

在失智老人的"空间"大厅中，电视关上了，大提琴声重新在大自然中游走。夏天，在炎热凝滞的空气中，琴声暂息了。秋天到来，琴声再起，奏出枝头的凉风，干枯的灌木，阵阵雨水，还有风中打转的红叶。我们一起在秋色中漫步。面前的圆桌上，摆着金色、红色、橘色和黄色的枯叶，摆着小树枝、树皮和泥土，我们轮流触摸、嗅闻，有人甚至还会尝一尝，因为他们的记忆丢失了通常赋予那些事物的意义。在烤栗子的香味中，大提琴模仿铺满落叶的地面在人们足下的轻响，词语、声音、手势、隐匿的情感从各个角落涌出，把秋天化作诗和舞，化作画家妙笔下的一幅图画。

> 如此迷人的气息，
> 　　树叶和蘑菇，

深色的面包，

秀丽的菊花，

脆响的小枝，

碧绿的苔藓，

柔和，

稠腻，

如海绵，

殷勤好客，

深沉的爱，再次出发，

回忆。

让这种灵魂状态重返我身，

充满希望，

红色的仲秋，

光。[1]

春天，在他们苍白的双唇间是"灿烂欢快的"，春风"炎热战栗，在黄色上打转"。夏天有着"炎热的心，充满希望"。秋天成为"灰紫色的忧郁"，冬天则与"白色的月亮，褐色的土壤，黑色的柳树，哭泣的日出，内心昏暗的幸福"齐至。

这些一日的诗人，他们的精彩诗歌有着某种朴素而深刻的东西，似春天的雏鸟般脆弱，比胜利的呐喊更有力量。

我们心情愉悦

---

[1] 养老院老人的诗作。本章下同。

并且说出来

我们唱出来

并且喊出来。

身子向一侧倾斜、闲逛不停的"开音符"女士,在我们的圆桌前突然停下脚步,一言不发地看着我们,手肘紧紧抵着腰,歪着头,和我们在一起坐了几分钟。

节日般的聚会结束了。铃铛被收起,鼓和沙球被放回了小壁橱。

混合型痴呆的哲学家凯斯勒太太颤声说:

"音乐,它触动我们身上本质的、最美的、攸关生命的部分。音乐改变歌唱者。这是一种奇迹。"

精神分裂的诗人奥利维耶太太微笑着说:

"在这里不怕做错事。能够体会到自己的重要性。感觉很好,舒适自在。"

路易体痴呆[1]的画家勒纳尔太太说:

"是的,我们产生了融入感。"接着她摇了摇头,说:"可惜啊,曲终人散。"

阿尔茨海默病性痴呆的歌唱家、一小时前还在对养老院的邻居们破口大骂的博里瓦奇太太说:"我们的歌唱得很棒,我们重新恢复了活力。"奥利维耶太太接着说:"是的,就像博里瓦奇太太说的。"博里瓦奇太太转向她,说道:"瞧,亲爱的,当我们感

---

[1] 路易体痴呆是患者数量仅次于阿尔茨海默病的第二大神经退行性神经疾病。这是一种复杂的疾病,具有一些与阿尔茨海默病和帕金森病相同的症状,较难区分或诊断。

觉不错时，说话也和气了。"凯斯勒太太对她说："您有一副好嗓子。"博里瓦奇太太回道："还是您念诗念得好。"阿尔茨海默病性痴呆的珀蒂先生从不说话，他开口道："您将我带到我的大海之下，带到沙子深处。您带领我挖出了记忆深处的财富，在沙子的深处，在最深处。"凯斯勒太太总结道："亲爱的，您真是太出色了。知道为什么吗？因为您让我们重新变得出色了。"

圆桌旁，能听懂话语的人和忘记话语的人，一起点着头，一脸赞赏。光线透过失智老人们白皙的脸庞，他们真正成为了"不可思议的国度中的旅行者"[1]。

就算他们大部分人在离开"空间"时就已经忘记了大提琴、铃铛、鼓、灌木丛中的散步、风儿轻柔的抚摸、各种浮现的情感以及彼此尊重的话语，又有什么关系呢，将他们送回房间的护工们依旧唱着歌，在如同永恒的几分钟内，一道无与伦比的光芒在他们的脸上绽开，让人得以窥见那依然敏感细腻、毫发无伤的灵魂。痴呆曾使他们陆续丧失了某些能力，但这剥落的势头现在突然一下子翻转了，有力地证明养老院中这些"失智住户"绝对不曾"丧失心智"[2]。

炽热的心

充满希望

很快我们将感到幸福

是真的

---

[1] 奥利弗·萨克斯(Oliver Sacks)，《错把妻子当帽子》(*The Man That Mistook His Wife for a Hat*, Gerald Duckworth, 1985)。
[2] 法语dément(痴呆，失智)的拉丁语词源dēmens原义就是"丧失心智"。

我们一起憧憬
双眸粲粲

二楼的失智老人——他们没有选择——成天待在这个长长的大厅里，它现在成了老人们的一段生命时光。因为空荡荡的"空间"大厅如今被填满，在铺了油地毡的地板上，长期卧床的老人们在金光闪闪的细沙上轻盈漫步。

今天，电视不会再打开。

柴可夫斯基音乐学院

1993年。莫斯科。

在音乐学院求学的四年中,我师从了俄罗斯最顶尖的老师。

柴可夫斯基音乐学院是个神话般的殿堂,格林卡、巴拉基列夫、里姆斯基–科萨科夫和肖斯塔科维奇等作曲家对这里影响深远。鲍罗丁四重奏的成员是我的四重奏和室内乐老师,是我在莫斯科的父母,我的偶像。至于我的大提琴老师玛丽娜·柴科夫斯卡雅(Marina Tchaikovskaïa),她是罗斯托罗波维奇大师的学生。她一生都非常崇拜她的老师,罗斯托罗波维奇1976年逃离苏联后,她每天都默默等待着他的归来。那几年,我每天都听到她尖锐的嗓音一遍遍重复:"勃拉姆斯E小调奏鸣曲第七小节,从'咪'到'咪'的八度换把[1],罗斯托罗波维奇说必须两次使用第三指;罗斯托罗波维奇说在慢乐章的结尾处,持弓手的小指要更用力,尤其要收紧颤音的幅度;罗斯托罗波维奇说……"

---

[1] 手指在琴颈上变化位置改变音符的技巧。

罗斯托罗波维奇成为我的偶像,我的主宰,我在俄罗斯这片土地上以及整个宇宙中的神。

我差点死在莫斯科。寒冷、老鼠、商店前无尽的队伍,这些我都不在乎。我想拼尽全力学习、进步。对待学生,我的老师是个真正的独裁者,她将专业精神奉为最高信条,执着地摧毁学生,通过羞辱,文火慢炖,甚至大火爆炒,全视她阴晴不定的当日心情。

"你不会拉大提琴……你简直比不会还不会。"

"你根本不知道什么是专业……"

"总而言之,你什么都不懂。"

她改变了我,将我彻底打碎,然而她也教导了我。我的进步显著,我臣服于她暴君似的教学,要知道我从小在一个温柔的环境中长大。她唤起了我的恐惧,我忍受着,因为我遇到了——至少我如此认为——从第一堂大提琴课起就一直在寻找的人:一位了解这门乐器的大师。

这份了解是鲜活的,充满激情,它与乐器建立了一种肉体联系,细致的技术动作马上就能唤出富有表现力的回应。在这场学习中,在我们所谓的技术和音乐之间没有对立,从而如炼金术一般地创造出一种自觉植根于乐器质料的音乐冲动。

我崇拜她,我把她当偶像。她随意地塑造我、打碎我。

后来我才明白教学中可以没有爱。

第一年，我不停地哭。每天，在很多课上，我泪洒大提琴，泪珠滚落在乐器的音孔中，在漆面上留下蜿蜒的白色痕迹，那是泪水析出的盐分。我意识到自己的水平是多么不堪。

她指着班上的其他同学说："你知道他们练习从'嗦'到'啦'的换把，练了多久？"同学们都坐在大沙发上，充满好奇地听我演奏

我哭得十分伤心，不能自抑。

她尖叫着说："十一年，十一年，每天好几小时。而你，你从未这样练过，你认为你随随便便就能做到？"

她的脸庞涨得通红，令我害怕。

每周的两节课增加到三节。我坚持不懈地学习，每天在一根空弦上练习到深夜，以获得一种圆润均衡的音色和灵活、完美的运弓。我全身心地投入，几近疯狂，尝试掌握右臂松开的力量，控制手指在指板上按弦的力度，分析颤音的幅度、速度和力量之间的联系，极力追求与乐器融为一体，实现真正的艺术表现。

每个动作，每次呼吸，每种感觉，我一一评估，做出判断。我乐在其中。吃了很多苦，甚至有些疯癫。我从内心深处感到自己一无是处，这股毁灭性的情感如一条尖锐的花茎，刺穿我的胸脯。我甚至做好了达不到理想中的完美便去寻死的准备。

音乐芭蕾

比才《卡门》，哈巴涅拉舞曲

2012年12月。巴黎，阿莱西亚科里安花园医疗养老院。

养老院窗前的橡树上，树叶打着圈柔和地落下。光秃秃的枝丫伫立在风中。冬天悄无声息地降临。

我们的演出预计在15点开始。多日来，演出的海报贴满了养老院的墙壁。底楼大厅中，观众——家人、朋友和护理人员——人头攒动。二楼，气氛热烈，几近沸腾。午睡时间缩短了，让位于化妆和着装：每个人发间插上一朵红花，披着一件色彩鲜艳的大斗篷，我在每件斗篷上都点缀了一只白天鹅。

五年中，我记得围着圆桌一共有一百二十二次排练，公演了九场。这些老人将各种艺术奇妙地融合在一起。

《从天空到大地的爱》，这是我们第一场演出的标题。我们一起探索关于爱情的曲目，从古诺《圣母颂》的白色天空到比才《卡门》"不羁鸟"[1]的紫色大地。

电梯门设有密码，平时紧紧关闭，此时仿佛听到了"芝麻开

---

[1] 《爱情是一只不羁鸟》是比才谱曲的歌剧《卡门》中一支著名的咏叹调，音乐采用了哈巴涅拉舞曲风格。下文"爱情是一个流浪儿"是其中一句歌词。——译注

门"的口令,将准备就绪的艺术家们一个个送到楼下。护工们将他们的轮椅排成半圆,大厅里已经挤满了人。

超乎想象的舞会在大提琴声中拉开了帷幕。歌唱家博里瓦奇太太嘹亮的嗓音很快盖过了琴声,不知不觉引领着其他颤抖的、嘶哑的、喃喃的,甚至是无声的嗓音一齐开唱。古诺的《圣母颂》。我们的齐唱如此特别。灿烂的光芒把天空照得雪白。

现在,彩色的丝巾飘扬起来,在空中绘出优雅的轨迹:八位行动不便的病人坐在轮椅中疯狂起舞。动弹不得的身体在飞翔。凹陷的脸庞迸发出喜悦。这些艺术家如同迷失的天使,天使之翼在他们头顶飞旋。

护理人员和老人们一起跳舞,再也不知道究竟谁是谁的守护天使。

演员凯斯勒太太朗诵了莫里斯·卡雷姆[1]、波德莱尔、魏尔伦和兰波的诗,嗓音嘹亮有力。在这颤巍巍的单词王国中,她似乎是缪斯女神,灵感的源泉。

观众们都震惊了。

有时,一句意料之外的话语不请自来地闯入朗诵中的诗篇,把奥利维耶太太笑得前俯后仰。诗歌脱离了正轨,变成尖叫,天使的合唱迷失了方向,消失在含糊不清的呢喃中。

尽管准备了很久,但一切还是乱了套。艺术家们忘这忘那,节目顺序说变就变,词语动不动就化作透明的漩涡愉快地溜走。

歌唱家奔放的歌声突然中断。她有些恼怒。衬衫上一粒纽扣歪了。观众们焦急等待。这时,从未参加过排练的加佐太太颤着

---

[1] Maurice Carême(1899—1978),比利时法语诗人、作家。以风格洗练、富音乐性而闻名。——译注

手骤然敲响了铃铛，一连串悦耳的上行音阶。歌唱家博里瓦奇太太于是重新振作，不再管歪斜的纽扣，拿起沙球当作话筒，曼妙的嗓音再度响起。她重新放声高歌，音乐会再次昂扬起航。

蒂斯朗太太抓住听到的只字片言，不停地重复，以她无懈可击的"无穷动"[1]形成我们这支超乎想象的合唱队的低声部。

勒迈特先生穿戴整齐，像跳爵士舞那样轻轻摇摆着身躯。巴泰尔米太太在大提琴的乐声中用双手跳出了圣桑的《天鹅》，她变了形的手指逼真地表现出白天鹅展翅翱翔，仿佛蔚蓝天空中破空而行的一个白点。至于四肢瘫痪的鲁塞瓦太太，彩排时总是位置靠后，今天她被精心梳头装扮，斜躺在轮椅上，阴差阳错地推到了半圆形的中心。她已经瘫痪了两年，但是她的左脚大脚趾跟着比才《卡门》"爱情是一个流浪儿"的节奏打着节拍。

头发中插着一朵大红花，她是我们这场演出的女王。

---

1 拉丁语 Perpetuum mobile。在音乐上，指音符一般以相同节奏急速进行的乐曲或乐段。

转折

2007年5月。巴黎，十一区。

圣马丁运河边，我和霍华德坐在一家咖啡馆的露天座中。我们简单地交流着白天发生的奇迹。霍华德盯着我，大大的眼睛好似山间的湖泊。十年前，正是这双眼睛在拉尼拉格剧院的后台休息室中打量我。

我报名攻读了图尔大学医学院的一个艺术治疗校颁文凭[1]，然而我不敢告诉他。毕竟学习这个专业，我必须打破他近乎圣经般的禁令——"特别是什么也不要读，什么也不要学"。

我颤声说："霍华德，我想学习。"

霍华德停顿了数秒，却好似无休无止，接着他没有一丝笑意地说道：

"你什么都学不到，但是你会有各种邂逅。"

这话并不完全正确，然而在某些方面极具先见之明。

通过在医学院学习艺术治疗，我将获得专业地位，重新

---

[1] 法国一种由大学自主颁发的文凭，不纳入国家的学历学位体系。——译注

定义我的工作，拥有新的方法工具、策略和语汇。我将思索人类和艺术之间的联系，建立可能的模型，尤其是我将有各种邂逅。

霍华德是对的。似乎他总是对的。我将邂逅医生、护理人员、病人。有些邂逅也是重逢，与信任的"基石"重逢，与童年时在我和亲爱的妈妈之间隔墙流动的快乐重逢。

寻常的一天

阿尔比诺尼《柔板》[1]

2013年1月。巴黎，阿莱西亚科里安花园医疗养老院。

养老院窗前的大橡树下，落叶被扫成整整齐齐的几堆，在花园里排成一线。寒风将它们快乐地吹散。

大楼里有间医务室，是一间狭窄的小房间。护理人员在这里召开交班组会。我坐在后面。两名护工在椅子上打瞌睡，微微张着嘴。现在是午睡时间。

每周我都认真记录下交接内容[2]。肚子深处一阵无声的不适。

L先生整晚都在尖叫，吵醒了整个楼层的住户，两个小时前方才平静下来。

P太太不停地四处闲逛。她走进别人的房间，在壁橱中搜寻翻找。她偷了S太太的几件衬衣。S太太的家人投诉了。

V太太已经四天未进食了。

M先生拒绝洗澡，护理时把自己弄倒了。

---

1 这首被称作《阿尔比诺尼柔板》的曲子，据说是音乐学家雷莫·贾佐托（Remo Giazotto，1910—1998）根据托马索·阿尔比诺尼的一支奏鸣曲残留片段谱曲、整理而成的。
2 护理人员之间交流值班情况，以保证护理的延续性，更好地照料住客或病人。

D 太太一动不动,但每天早上她都试图跳窗自杀。

L 先生被发现全身赤裸地躺在 T 太太的床上。

B 太太试图用枕头闷死自己的猫。

自从给 L 先生用了清理耳朵的产品后,他再也听不见了。

F 太太被夜班护士吓坏了。

M 太太把所有人都称作"老师"。

B 太太十分悲伤,她的陪护更悲伤。

L 先生有攻击性。他用拐杖敲打走得慢的老人。

我握着的铅笔在颤抖。

T 太太两次咬了夜班护工,咬出了血。

P 太太想在圣诞节前夜和儿子结婚。

这一串通报中提到的老人大部分都是二楼的住户。二十一位失智老人,"空间"的艺术家们。于我,"住户"一词十分奇特,而"失智"这个词更甚。

这一天,我在小本子上还记了一句:

"G 先生说不清话了。他连'不'都说不了了,他只会说'是''是——''是————'。"

她和他

大众舞会上的探戈

2013年2月。巴黎，阿莱西亚科里安花园医疗养老院。

208号房，209号房。

他患有阿尔茨海默病，而她患有帕金森叠加综合征。

他的认知能力严重受损，但身体健康。而她思绪清晰，身体完全瘫痪。两人都住在养老院，三楼，房间相邻。他与她结婚至今四十八年。

她小声地请求我演奏探戈、华尔兹和双步舞。那是年轻时大众舞会的回忆。他牵着她的手，在她面前跳舞。她幸福地又哭又笑。笑与泪之间，并无差别。她一动不动地坐在结构超级复杂的医用坐椅上，由他带着一起"共舞"。一曲终了，她会低声要求："再来一首，再来一首。"她感到自己在重现的过往时光中飞舞，并费尽气力告诉我，用词精妙。而他非常高兴，说"这对问题有益"。他大笑着，灵巧地向前、向旁迈出舞步。

她有一双蔚蓝的眼睛，犹如两颗闪耀的蓝宝石镶嵌在水晶般的脸庞上。她的眼神如此清澈，好似一件充满蓝色热量的珍贵珠宝。她的身体如玻璃般易碎，藏着一个柔软而辽阔的灵魂。

他养成了躺在床上欣赏音乐的习惯。他以一种奇怪的方式躺着跳舞。"这很美，这很好，给人安慰。"他抚着心口说，"您满足了我们。"他久久地摩挲着食指和拇指，如同描述一种妙不可言的滋味。接着，他看向妻子："这是另一个世界……我们在品尝。"

她眨了好几次眼睛，表示同意，低声轻语、费力地表示感谢。宝石般的双眸闪烁着光芒。僵直的手指变得松弛，放在身侧，手掌微张。一天，她能张开胳膊了。协调医生写了一份详细报告向她的主治医生汇报。

一夜，他去隔壁房间找她，却没有找到。从此，他在这层的走廊和每间房间不分昼夜地找她，等她。她的离去悄无声息，带走了双眸中蔚蓝的光芒。他还想和她跳舞，用他的话说，"品尝大提琴"。几周后，他的情况骤然恶化。他抱怨什么都听不到，接着他完全聋了。他挥着纤长的手，对擦肩而过的每个人一遍遍地重复道："我聋了，因为有人对着我的耳朵叫喊。请告诉我，您有没有看见我妻子？"

医 学 院

2010年10月。图尔大学。

我之前的实践完全出于本能，而通过艺术治疗的学习，我发现了这一实践所对应的理论。我学习"艺术作业"（l'opération artistique）[1]的机制及规程，评估病例的基本情况，确定具体的观察项目：面部表情、眼神、注意力、集中度、想象力、身体投入、残存运动和记忆能力的利用、认知唤醒、关系投入等。接着，我要想办法测量上述项目的频率和强度。最后，我把从病人身上获得的可感知、可量化的结果汇总成表。我从未以这种方式工作过。我的艺术家灵魂在身体中叫嚣，但是我没有放任自流，坚持了下来。我贪婪地阅读数据，渐渐地消化数据。面对大量理论病例，我运用自己的分析工具和排查清单，在假想的病人身上寻找、发现失效的机制。我花费大量时间量化耸眉、微笑的情况，把得出的数据标注在图表上。精确计算并用醒目颜色绘出的曲

---

[1] 里夏尔·福雷斯蒂耶（Richard Forestier），《艺术治疗全书》（*Tout savoir sur l'art-thérapie*, Favre, 2012）。作者认为，"艺术作业"指创作本身的时间以及与病人建立起的联系，而不是创作出的物体（作品）。

线重叠、交叉，显出漂亮的图形，我真想把它们拿给和亚当·谢尔登中心年轻患者们在一起的霍华德看。

我们将一起欢笑，带着每个年轻患者随着这些神奇的图表翩翩起舞。

你说得对，霍华德，我什么也学不到，除了我已经知道的那些。但是，你看，现在我变强了，我可以引导并讲述我的经验，有根有据地回答问题，描述我和他人的接触。甚至能够打消别人对我的怀疑。而你，你从未怀疑过我。我能在大大的幻灯片上列举众多临床量化证据，证明我的工作成果。我受邀参加非常正式的学术会议。我看到你朝着我微笑，你以我为傲。因为你知道，我的工作，我的方法，尤其是我的快乐始终如一，不曾改变。

三楼的女诗人

约翰·施特劳斯《皇帝圆舞曲》

2013年3月。巴黎,阿莱西亚科里安花园医疗养老院。

养老院窗前的大橡树沙沙作响。节日盛装般的巨大枝丫好似张开的双臂,紧紧抱住一位看不见的朋友。风动枝头,我每次都这样想。

养老院三楼的走廊很长。墙上贴着柠檬黄的墙纸,上面画着巨大的花朵,一朵绕着另一朵,相互缠绕,毫无美感。

瓦扬女士紧紧地抓着助步器,一小步一小步颤颤巍巍地向前挪。遇到每天早上来帮她梳洗的护工,她尖叫:"给我把这些黑人弄走!"瓦扬女士矮小消瘦,脸庞棱角分明,佝偻着身子。病历中注明她患有路易体痴呆[1]。

"我不舒服……我不舒服……"她停下,如鸟儿一般左右张望,突然尖叫道:"救命!"然而,没有人留意她。一周以来,瓦扬女士被禁止进入餐厅。因为晚餐的时候,她会拿起自己的叉子插入邻座的手臂。

---

[1] 这种神经退行性疾病表现为认知紊乱,并伴有幻视。

这天，我在医务室前遇见她。她啜泣着："我受不了了，我受不了了，我受不了了……"

我喜欢在预定地点之外的地方拉大提琴。经过那里的护理人员可以停下疲惫的步伐，暂歇几分钟。瓦扬女士被费力地搀上医务室的椅子。

约翰·施特劳斯的《皇帝圆舞曲》。

她吃惊地眨着眼。过了一会儿，停止抽泣。她看上去乐在其中，乐曲结束她还鼓起了掌。

瓦扬女士孑然一身，没有伴侣，没有孩子，没有朋友。她有一位兄长，每周日她都在等他，但他从未来过。她唯一的财产，她的盔甲，她的骄傲，她抵御这个世界的城墙，是1975年5月21日德斯坦总统[1]亲手授予她的那枚荣誉军团勋章。

每周一，我走进她的房间，她坐在床沿迎接我，说道："我不舒服，我不舒服。"然后停顿片刻，说："我要死了。"

约翰·施特劳斯的《皇帝圆舞曲》。巴赫"大无"里的吉格舞曲。《马赛曲》。大提琴的鸣唱炽热、圆润、哀怨。

我记下她絮絮叨叨的话，以一种精致的字体打印在白纸上，到了下次为她演奏时，当作她的新诗送给她。

> 我不舒服，
> 我不舒服，
> 我不行了。

---

[1] Valéry Giscard d'Estaing（1926—2020），1974年至1981年任法国总统。——译注

>　　怜悯我吧，
>
>　　我受不了了，
>
>　　完蛋了。
>
>　　怜悯我吧，
>
>　　没希望了，
>
>　　我再也不知道了。

她十分吃惊，然后又仔细地再读一遍，抬头望向我，双唇颤抖着说："这还真不错！"我从未看到她有这种表情。

下一周的诗歌题为《我的怒火，我的宝藏》。

瓦扬女士还是坐在床沿。护工从半掩着的门后探出脑袋，没听到生气的尖叫声，她有些担心。

我的演奏似乎创造了一个神奇的空间，之后一周接着一周，在《皇帝圆舞曲》、巴赫的吉格舞曲和《马赛曲》的旋律中，瓦扬女士的话逐渐多起来，好似不知从山上哪里喷出的一股水流，分支众多，在山谷中你追我赶、推推搡搡，很快飞溅在我们两人身上，清冽冰爽，让人想要开怀大笑。

>　　我的怒火沉默不语，
>
>　　因为我无权诉说。
>
>　　我的怒火难以飞散，
>
>　　因为它过于沉重。
>
>　　我不能将它带去餐厅，
>
>　　因为人们嫌弃我。

我不能分享它，

　　因为我被驱逐。

我的怒火蓝不见底。

尖锐如同长矛。

我的怒火散发出残羹的味道。

　　我的怒火饿了。

　　我的怒火沉默不语。

　　我不想把它丢弃在外，

　　我怕别人把它夺去。

　　也许我能够将它掩埋，

　　也许埋在一个洞中。

　　　不太深，

　　　不太软，

　　　　如果必要，

　　　　如果必要，

　　将它重拾……

　　　　如果必要，

　　　　如果必要，

　　　将它重拾，

　　　将它转售。

　　《皇帝圆舞曲》，巴赫的吉格舞曲，《马赛曲》。在两曲的间隙，我听写下她的话。我读给她听，一遍又一遍。她聚精会神，惊讶于自己的表现，敞开了心扉。我的到来，使她的存在变得真实，使她的话语变得鲜活，那些在白纸的山脚下战战兢兢的话语。

自我表达的前景开始在她内心悸动，那或许能令她得到解脱。

一生：一本书

《马赛曲》

2013年4月。巴黎，阿莱西亚科里安花园医疗养老院。

养老院窗前的大橡树在这天早上被截去了两根树枝，施工传来巨大声响。前台向我解释说这两根树枝威胁到了住户。它们躺在那里，像两根巨大的游戏棒横在花园当中。

那天，我们决定一起撰写她的自传。

起初的采访非常吃力。瓦扬女士什么都记不得。她绞尽脑汁，竭力回想，但什么都想不起来。

《皇帝圆舞曲》，巴赫的吉格舞曲，《马赛曲》。

她听着我的大提琴演奏，一言不发，眼神直勾勾的。接着，一个简单的动作，总是同一个动作，如瞳孔轻轻一跳。她的眼睛渐渐有了活力。她从不打断我，但是在乐段最后，她会带着鼻音说："等等，我好歹想起了一件事。"沉睡的记忆中浮现出些许零乱的碎片。大提琴声唤起她的记忆，一件接着一件，往事断断续续地突然涌现，浮出水面，如同彩虹般五颜六色的肥皂泡。

有些记忆，我们以为已经逝去，已被吞没，声音有时候能够将它们从躲藏的角落挖出。一个和弦，一道灵光。被逐出自我的奇特感觉渐渐化解。瓦扬女士不知道如何精确追溯往日的岁月，然而随着一次次会面，我们将她愿意倾吐的一些片段串联起来，一起组织成篇。瓦扬女士出生于奥弗涅大区康塔尔省腹地的一个村庄，父母是小学教师，童年时在父母身边度过，后来北上巴黎，在巴黎政治学院求学，毕业后开始工作。后来她在国民教育部担任要职，曾前往法属波利尼西亚，负责在这个海外领地落实德勃雷法[1]。1978年，她担任教育部长克里斯蒂安·伯拉克的秘书，陪同部长在雅加达地区乘坐小型飞机。飞机遇到乱流，乘客们惊慌地紧紧抓着座椅扶手，部长侧身悄悄对她说："别担心，您将得到国葬。"她乐此不疲地重复这段经历，每一次，这个故事都会神奇地震撼她，似一阵轻风吹散云朵般赶走她眼中的黯淡。

在八个月的时间里，我完整地记录下她的回忆。传记撰写进展顺利，我们一起寻找插图。她的双手和双腿完全没了力气，但她在每件事上都有自己的意见：这里不用句号，改成逗号；出生村庄的照片严格居中摆放；努美阿的花环颜色太淡了；我们能不能给这个段落另找一张相片？我每周都把稿子带给她看，她聚精会神地修改，一丝不苟地排版，精心选出封面照，那是一张圣纪尧姆街上巴黎政治学院的照片。

我们见面的时间全被用于讨论装帧形式、成书尺寸、章节数量、字体大小和纸张纹理。我们定下了书名《一生》，她有些忐忑："我希望他们不会认为我们抄了莫泊桑或者西蒙娜·韦伊[2]。"

---

[1] 即"国家与私立学校关系法"，法国教育法令，确定国家与私立学校之间的关系，由时任法国总理兼国民教育部长德勃雷主持制定，于1959年12月颁布。——译注
[2] Simone Veil（1927—2017），法国政治家和女性主义者，任职法国卫生部长期间推动通过了堕胎合法化的法令，曾出版自传《一生》。莫泊桑有一本长篇小说，标题也是《一生》。——译注

他们的书，瓦扬女士都读过。

一天，她试探着问我："或许我们这本书能卖钱？"但马上修正："五欧元……不能再贵了。"

传记写完，她在轮椅上坐得笔直，护理人员见到她无不啧啧称赞。她冲大家隐约露出笑容，好似正式外出的英国女王。我们决定在2014年5月25日正式推出这本传记。我们准备了致辞，确认话筒能用，挑选了当日要穿的服装。她的衣橱里只挂着一条礼服裙：一条"香奈儿"的裙子，四十年前被授予荣誉军团勋章后就再未穿过。她断然拒绝把裙子送去清洗，害怕"佣人们会弄坏裙子"。

经过十个月的准备，著作发布的日子终于到来。瓦扬女士非常激动，致辞时一个字也说不出来。听众们也不专心，送餐的小推车在大厅深处来来回回好几次，发出巨大的声响。在一阵喧闹声中，带到发布现场的《一生》样书在几分钟内被一抢而空。

她显得容光焕发，看上去年轻了好几岁，脸上洋溢着自豪。当晚养老院解除了对她的惩罚：她获准进入养老院的餐厅。她不再将叉子插入邻座的手臂。她保证，因为现在"他们知道她是谁了"。传记只有五章，几乎没有披露任何秘密，但这不重要。如果有人"不知道荣誉军团勋章为何物"，那也不重要。本书的作者，也是本书的主人公，她不单单成为了别人会把她的故事挂在嘴边的他者，她还是一个穿越了痴呆症引起的混乱，决定开始一段奇妙讲述的人。

从她的内心深处喷涌出一股力量。她重建了一种进程，一根导线，给自己的人生重新引入了延续性。她重获自己一生的岁月。

这本书在她床头柜上摆在显眼位置，成为房间中唯一的物品。她贪恋地盯着这本书，时不时地挪动。有时，害怕有人偷走书，她还把它藏起来。每天两次踱着小碎步去餐厅时，她将这本书放进一个小包，挂在助步器上，随身带着。她的书是一位可靠的朋友，轻轻拉着她的手，带她走过贴着柠檬黄墙纸的走廊，乘坐电梯，走向餐厅。晚上，在没有星辰的孤寂中，它陪伴她，安慰她。

写 作

1979年。巴黎，十六区，威尔逊总统大街。

"您好，请问是伽利玛出版社吗？"

我在电话机的拨号盘上拨打了这家大出版社的号码，线路里有些微杂音。我被礼貌地转到一个又一个部门。在一段令我感觉十分漫长的时间后，我听到电话那端说：

"请问您几岁了，小姐？……啊……非常好。请您把稿子寄给我们吧，千万附上一份内容梗概。我们非常有兴趣。"我在公寓中兴奋地跳来跳去，难以自抑。

那一年，我12岁，刚刚完成我的第一本小说。我夜以继日地敲打一台老式打字机。这台打字机曾属于我的外祖母，她是位美国诗人。细细的铁杆把铅字一个个甩到纸上，发出响亮的声音。黑色的色带老旧褪色，有几个大写字母在字母们时紧时慢的舞蹈中总是戳破白纸。早上醒来，下午放学，只要一有空，我就在写。我不停地写，直至头昏脑胀。写作充盈我的生活。和文字在一起，我泰然自得。我的身体好似蕴含一座幸福的写作火山。我的小说名为《克拉里斯》，叙述一名年轻的盲女重获光明的故事。比起黑夜，我更爱光明。

那时,我喜欢文字的寂静更甚于大提琴圆润、炽热、哀怨的琴声。

然而,正是大提琴的琴声在几十年后使我重新回归写作。写作的行为深深嵌入肉体,改变思想,令其超越自身,带着其寂静与黑夜的那一面融化在相遇的光芒中。

那篇梗概,本应随着我的稿子一起寄给伽利玛出版社,我始终没能动笔。

而我的手稿也从未寄出。

荣誉军团勋章：画展

巴赫《D小调第二无伴奏大提琴组曲》
吉格舞曲

2014年7月。巴黎，阿莱西亚科里安花园医疗养老院。

养老院窗前的大橡树上，树叶穿上了由炎热和暴风雨织成夏日长裙。

《一生》正式出版后，我和瓦扬女士的见面仍在继续。我的曲目维持不变。《皇帝圆舞曲》，巴赫的吉格舞曲，《马赛曲》。老三篇，没别的。它们是第一次平静和第一次胜利的仪式和回忆。

瓦扬女士从未拿过画笔。然而这一年的初夏，她从作家变成了画家。每周一，画架、画笔、调色盘和油画颜料堆满了床头柜。我们两人手牵着手，耐心地在画布上用铅笔勾勒出荣誉军团勋章的轮廓。我们画的是她的勋章，她的盔甲，她的骄傲，她唯一的城墙。白色的五角星，绿色的月桂叶，绛红勋带的皱褶，玛丽安娜[1]金色的面庞，漆黑的底色上，勋章熠熠生辉。

每次见面的尾声，瓦扬女士都会哭泣，我的离开预示着一种

---

[1] 法兰西共和国的拟人象征。——译注

撕裂。她喟然叹息,脸庞抽搐,双唇之间再度飘出辱骂。

一年后,瓦扬女士再次穿上香奈儿礼服裙。她的画展开幕式再次聚集一大波观众,底楼大厅人头攒动。展出的画作仅有一幅。瓦扬女士容光焕发。

开幕式后,这幅荣誉军团勋章在墙上挂了一段时间,它有一个金色的画框。养老院访客和家属的目光不时为之吸引。后来我们把这幅画挂回她的房间,钉在正对着床的墙上。她只说了一句:"真美啊!"

音乐的传承

2015年9月。圣日耳曼昂莱，德彪西音乐学院。

马克西姆是个9岁的小男孩。他站在我面前，双手紧握大提琴，将乐器靠在身上。他来参加入学考试，刚拉了两支曲子。我在德彪西音乐学院任教，这一年有许多年幼的考生，我已经打定主意，大提琴班不会录取他。他学了一年的大提琴，有太多的技术缺点。我倾向招收更年幼的学生，从零开始培养。我问了他几个关于学琴经历的问题，然后示意考试结束，他可以走了。在他就要离开房间时，不知出于何种原因，我问了他最后一个问题："你想和大提琴一起做什么？"他顿时喜笑颜开。

"我？我想要像罗斯托罗波维奇那般演奏。"

立刻，我决定录取他。

马克西姆是一株不断成长的幼苗。他充满梦想，前途无量。才华横溢，他在之后的四年内取得了他人十二年都难以企及的成就。他从不骄傲自满，努力学习，乐在其中，不为任何事物所动。他专心致志，不觉时间流逝；连续三个小时的课程对他而言犹如十分钟。他不知疲倦，即使有时候已经十分疲倦。他进步显著。这种进步不仅仅是技术上的成就或者杂耍式的炫技，它让我想到快乐的花瓣，色彩艳丽，一周一周不断绽放。

不到五周，他便纠正了错误的姿势和执琴方式。三个月后，他已能登台公演几首简单的曲目，音色圆润、炽烈、哀怨，预示着极高的成熟度和音乐深度。四年后，他成为大提琴家。他在参加的国内外各类赛事中折桂。他的偶像，他唯一的神是罗斯托罗波维奇。我可以告诉他大师的意图，至少是在某些曲目上。在莫斯科的那几年让我吃透了这位大师。只是我在俄罗斯求学过程中遭遇的所有痛苦——暴力、恐惧以及侮辱，这些都不在传授内容之列。你想要叙述什么？你想要表达什么？如何才能做到？通过什么途径？

我教导他成为大提琴的朋友，与大提琴融为一体，感受每一次振动。我教导他呼吸，教导他投射声音，延展空间，教导他把每个动作都当作绽放的音乐。我培养他如喜爱大提琴经典曲目般喜爱音阶和琶音练习，每一组都是那样光彩夺目、耐人咀嚼。每首新的练习曲都令他欣喜若狂，每首奏鸣曲都是一片我们共同探索的新大陆。他向往新的协奏曲如同向往远方的岛屿，而我们总能提前抵达那里。这是一项建构的工作，将形式与实质、目标与途径、大地与天空相结合。在这项工作中，将我们聚在一起的唯有欢乐。毫无痛苦地不懈练习，困难再多也挡不住层出不穷、强烈的学习欲望，挡不住对那种能够照耀他人的美的追求。

莫斯科岁月在他身上重现，光芒万丈。

季节的画家

乔治·弗里德里希·亨德尔《让我哭泣吧》[1]

2015年4月。巴黎,阿莱西亚科里安花园医疗养老院。

养老院窗前的大橡树上,树叶抽芽、生长、掉落、再抽芽,不休不止,对街上的喧嚣无动于衷。

当我和贝尔热先生开始画画时,他对我说:"我需要一点动力。也许来自您?"这位颇具魅力的男士曾是眼外科医生,他患有血管性痴呆[2]。房间的大窗户正对着枝丫粗壮的大橡树。我们一起认识这位从院子里看着我们的朋友,并随它悠游四季。我们第一次画它是在冬季,黑色的枝丫歪斜扭曲。春天为橡树披上温柔的绿装,唤起贝尔热先生的无限感激,看到我走进房间,他喊道:"请告诉我妻子去帮我买各种绿色的颜料。现在是浅绿,很快就会变成深绿了。"

当我准备离开时,他说:"我不敢跟您说,我希望您常来,您让我复活了,您是把我踢醒的脚,是我的光。"

炎夏过后,我们的画笔沾上红色和金色,整整数周,我们在

---

1 歌剧《里纳尔多》里的一支咏叹调。——译注
2 血管性痴呆症状与阿尔兹海默病相似,尤其包括记忆障碍、错误决策和计划困难。

粗糙的画布上绘出飞舞的红叶，一起静静地看着大橡树的枝叶在秋风中摇曳。一天，他对我说，"我想要画风。我想在画布上让无形变得有形。我们试试吧？"

亨德尔的《让我哭泣吧》。音乐如烈火般灼痛了他。"我的内心深处爆发共鸣，要懂得聆听。"于是他闭上眼，接着说："如同一股电流，我不想探究哲理，也不想搞文学，您知道，我想要感受振动。每一次，我都能从身体中感知到一些。我的情趣在震颤。如同无声的回响，我的内心深层开始骚动，逐渐显露。"

我从内心深处默默地感谢这位年迈的老人，这位智慧的朋友，他比任何人都更好地说出了我的感受，我一直以来的预感，引导我走近他、走近其他所有人，以及走向自己的那股力量。

充满信心。

快乐流动。

在 地 铁 上

2001年5月。巴黎,地铁5号线的车厢里。

"你不觉得他们看上去有些奇怪?"

我愣了一会才明白霍华德在谈论车厢中的几位乘客。我们刚从亚当·谢尔登中心下班。贾迈勒抓破了他的额头、脸颊和右眼睑,他的脸好似为了新演出而刚刚化了妆。我看向那些离开办公室、疲惫不堪的乘客。

霍华德若有所思。

"如果有一天我出了问题,我想要你来为我演奏。"他顺着刚才那句话说下去,好像两句之间有某种逻辑似的。

霍华德总是说些出乎意料的话,经常难以理解。

故事的女主角

舒伯特《降 E 大调钢琴三重奏》
op.100，行板，展开部

2015 年 5 月。巴黎，阿莱西亚科里安花园医疗养老院。

凯斯勒太太的状况开始恶化。她再也离不开轮椅，整日整夜地呻吟。她的嗓子再也没法吟诗，吐字发声每况愈下。几个月过去，尽管我特意把打印字体放大，但她再也没法读诗了。某一天，她开始只说德语了，没人知道其中的原因。

然而，每当听到大提琴声，一股愉悦仍会席卷她的身躯，令她快活得战栗。一个春日的下午，她和我们圆桌的其他伙伴在一起，泣不成声，语不成句。

于是，我给他们讲起了故事，"舒伯特绷带"的故事。故事这样起头："从前有一位伟大神奇的女艺术家凯斯勒夫人，她饱受病痛折磨。一天，有人拉起了大提琴，为她演奏了舒伯特三重奏 op.100 的行板，琴声奇迹般地减缓了病痛。"我详细回顾了在"空间"大厅中的第一次"包扎"，以及后来在圣佩琳娜医院的临床研究，讲述媒体对这种新的非药物疗法的关注，它在法国、西班牙、瑞士、加拿大、日本、以色列的医学会议上得到的认可。

尽管疼痛和焦虑似要将凯斯勒太太撕碎,但她坐在椅子上一动不动,似乎从我的叙述中感到无比自豪。其他人围着桌子认真地听故事,尽管许多人不理解,但大部分人开始鼓掌。他们似乎隐约知道凯斯勒太太成了一个故事的主角,而某种程度上那也是他们的故事,他们为此欢欣鼓舞。

一个新位置

2011年1月。巴黎,圣佩琳娜医院姑息治疗科。

让-玛丽·戈马（Jean-Marie Gomas）是一位锐意改革且富有创造力的医生。第一次见面,他便给予我绝对的信任。他欢迎我在他的科室里开展以治疗为目的的现场音乐活动。

1995年,戈马医生在这家以老年医学为特色的公立医院创立了姑息治疗科,担任领导至今。经过多年的发展,该科室已经成了业界典范。让-玛丽总喜欢强调:"这个科室面向所有18岁至120岁的成年人。"

他认为音乐可以在他的医护团队中发挥重要作用,对此深信不疑,多年来一直在等待一位"艺术家治疗师"把他的一些期待为临终病患落到实处。

我向让-玛丽提供的操作触及人类个体的一个重要组成部分——艺术敏感性、创造力、想象空间,是对以整体思路护理病患的理念的一种肯定。他早就有了很多计划和想法。见面第二天,他就调整时间表,以便我接触到他科室里的病人。他就像一头狮子,在所有人——病人、病人家属、团队、同事、领导——面前捍卫这个项目。他为人坦荡、开放，敢于坦诚地说出自己所想。他擅长说服，也懂得倾听。

我结束了图尔大学医学院艺术治疗校颁文凭所要求的六个月的实习后，让-玛丽向他创立的用于支持姑息治疗科的协会建议雇用我继续每周来科室一次，以便继续我的项目。

很快，他带我去参加学术会议，鼓励我向学术刊物投稿。

霍华德禁止我读相关内容，让-玛丽推动我参与研究。

霍华德推崇直觉，让-玛丽鼓励我分析。

在来到姑息治疗科一年半后，我在巴黎的一场医生研讨会[1]上汇报了我和病人之间以治疗为目的音乐活动的成果。第一次，我与济济一堂的医生和护理人员交流，对着他们拉大提琴。医务工作者们的激动触手可及。

这是我的一个转折点。

在"空间"大厅中，一位护士看到发生在凯斯勒太太身上的包扎奇迹后，曾对我说："一定要再来啊，带上舒伯特绷带。"

于是我回到那里一百一十二次。

在圣佩琳娜医院姑息治疗科，舒伯特三重奏op.100的行

---

[1] 2012年，由病患陪护研究与培训中心举办的第二届"疼痛与痴呆病日"研讨会。

板陪伴了一百一十二次护理,这些护理行为无一不伴随着疼痛:清洁护理,包扎癌症引发的皮肤溃烂,口腔护理,活动关节,静脉穿刺和腹水穿刺。

"舒伯特绷带"将我彻底带入了护理的世界。

我自觉适得其所。

罗伊先生的静脉穿刺

巴赫的咏叹调

2013年3月。巴黎，圣佩琳娜医院。

姑息治疗科410病房朝向花园，宽敞明亮。

3月29日15点整，我坐在房间的一角，离门不远。罗伊先生前一天入院，他74岁，患结肠癌，已经转移，伴有严重贫血和认知障碍。他因进食时异物呛入气道[1]致使呼吸暂停。入院时没能给他"下针"，他害怕地尖叫，不停挥舞手臂，拼命挣扎。频繁穿刺导致无处下针，静脉采血也无法进行。

罗伊先生平躺在床上，显得十分焦虑。他斜眼看我，隐约透露出惊讶的神情。他同意我演奏大提琴。是的，他热爱音乐。什么，这把大提琴是十八世纪制作的？他着实没见过如此古老的乐器。护士们在一旁准备护理操作。

我以舒伯特作品开场，三重奏，op.100，行板。炽热、圆润、哀怨的大提琴声响彻房间的每一个角落。一名护士开始低声哼唱。她调整好针头，一只手轻轻触了触病人的手臂，罗伊先生

---

[1] **本该进入食管的液体或食物颗粒被吸入气管造成的意外。**

立刻绷紧肌肉。但舒伯特的音乐仍在继续,旋律转入几个低音节拍,如同海浪翻滚。护士将针管伸向血肿青紫的手臂。当她动作准确地将针头插入时,旋律舒缓地起伏,重新回到高音。病人不再像昨天那般尖叫,他也开始歌唱,还举起右手指挥。护士们相视而笑。血液迅速流入采血管。病人进入灵感迸发的指挥家角色,动作夸张地指挥我的大提琴,他的交响乐队。他神色轻松,双眸闪闪发亮。

罗伊先生开始放声高歌,一位从走廊上经过的护工有些担心地拉开了门。静脉穿刺已经结束,而他还在指挥。"好了,罗伊先生,结束了。"他想象中的指挥棒在空中戛然而止。"啊,已经完啦?"他明白过来。"话说今天十分顺利呢。"护士们笑眯眯地整理着器械,身体随着音乐节奏微微摇摆。罗伊先生很高兴。他的表达措辞讲究、语气庄重:"这是一种魔法。它不仅触及内心,更触及了灵魂。疼痛消失了。"

这就是"舒伯特绷带"临床研究项目的 1 号护理病例:为临终护理操作产生的疼痛提供反向感官刺激。

临床研究

2013年4月，我们开始了一项由整个医疗团队参与的临床研究。研究的主要治疗目的是缓解护理行为中产生的疼痛和焦虑，包括峰值时段的剧烈疼痛。此项研究自然被命名为"舒伯特绷带"项目。最初的目标是在三年内研究200个病例。

研究方法是将大提琴伴奏下的护理与前一日或次日没有大提琴伴奏的护理进行对比，观察现场音乐的反向感官刺激在何种程度上能对护理全程、对缓解病人的疼痛和焦虑，以及对护理人员、病人家属的心理健康起到有益作用。

在医学院的知识储备发挥了作用。我第一次将源自直觉的方法与理论建立联系。我投身于研究，运用工具，尝试对病人症状可能出现的改善进行量化。但我直觉感到，这些改善产生的原因在本质上是无法量化、难以言喻的。

我们确定并详细描述了所有环境和方法因素：病人和病症的数量与类型，认知障碍，视觉或听觉衰退情况，综合语言能力，镇静剂和精神药物对交流的影响，警觉程度和交流程度[1]，护理类型，预用药，每次参与护理的人员数量，护理时长，病人对艺术的爱好程度，因人而异的个性化曲目。

在法国镇痛缓痛资源中心（CNRD）的协助下，我们制定了"舒伯特绷带"观察表，详细列出了护理前、护理中和护理后需观察并比较的临床指标。这张观察表是对各类事件的记忆，并使我们得以评估收集到的数据。这是一种量化的、带有批判性的、犀利的目视，不啻临床活动—种真正的处理程序。

让-玛丽联系了许多基金会，为这一研究的落实与延续寻求资助。一些家属被音乐陪护的良好效果打动，也纷纷向让-玛丽的协会捐款，协会再把资金投入研究。我与护理人员并肩作战，成为跨学科团队的一员，每周都来科室为所有病人演奏。

---

[1] Rudkin镇静评分用于分析病人警觉程度，专业人士能借此迅速准确地知会病人的意识状态和交流能力。

莫雷蒂太太的梳洗

格鲁克《奥菲欧与尤丽狄茜》

2013年5月17日。巴黎,圣佩琳娜医院。

莫雷蒂太太,78岁,癌症晚期。前一天入院,住在姑息治疗科,疼痛难忍,极其不适,对医护人员的问询、操作没有任何回应。

我坐在护士办公室里,坐在护理人员之中,参加沟通会。护士们汇报说之前给莫雷蒂太太梳洗时,因为她四肢僵直,很难给她翻身。医生立即决定增加吗啡剂量,并在每次护理前,按明确的规程为其注射剂量递增的镇静剂。没等会议结束,莫雷蒂太太的疼痛就有了缓解。

这样的组会每天中午都有一场,我会参加周四中午的组会。这是一场至关重要的碰头会,大家彼此倾听,分享信息,讨论下一步所要采取的策略。我很快得知医院里只有很少几个科室的医疗团队和护理团队会像姑息治疗科这般每天中午坐在一起交流。让-玛丽极为看重这个"受保护"、"仪式化"的时刻,认为这种交流是团队能够真正成熟、对每一位病人展开个性化护理的保证。

我走进404病房摆开阵势。在护士们白大褂的掩映中,我看到了莫雷蒂太太。她脸庞消瘦，尽管用了镇静药物，但由于疼痛和对疼痛的恐惧依旧有些僵硬。护理人员备好温水，放下水盆，准备为她梳洗，而我开始了演奏。首先仍以舒伯特的曲子开场——以向凯斯勒太太致敬，接着是格鲁克的作品，歌剧《奥菲欧与尤丽狄茜》选段。易碎的共鸣，看不见的抚摸。这一天，大提琴的演奏影响了整个护理过程。莫雷蒂太太僵硬而无所适从的手指缓缓松开，一个接着一个展开，最后双手垂在了身体两侧。在白色的被单下，她的脚趾也一个个展开了，如同睡莲朝着太阳张开花瓣。

她的脸庞舒展开来，额头上深深的横纹渐渐柔和，犹如沙滩上的纹路被海浪抹平。莫雷蒂太太睁了好几次眼，她的眼神明亮而活泼。疼痛暂时离她而去。她无法用言语描述这变化，但是她整个身体都在呐喊。她的松弛可谓立竿见影。

护士们将这场在大提琴伴奏下的护理汇报给那天上午在场的两位医生听："护理过程中病人多次微笑。她四次睁开眼睛。看得出她很喜欢音乐。整个身体都松弛了，双臂尤其放松，令人难以置信，与前一天梳洗时判若两人。"

她们还在观察表中描述自己的感受："我们现在可以把更多精力集中在护理上。也更愉悦了。一种和谐感将我们和病人聚在一起。"

这是"舒伯特绷带"项目的 2 号病例。

研 究

我们的研究向前推进。2013年秋天，我们挑出护理前、护理中和护理后一些特定的、指向明确的临床指标，对观察表做了细化。这张表现在包含的项目有各类疼痛评分[1]、呼吸频率、胸部扩张程度、眼神和脸部表情、身体运动、护理过程中痛感体态[2]的变化、肌肉放松程度。填写内容还包括对护理行为的大致描述、病人和护理人员的情绪体验。不管有无大提琴伴奏，每次护理结束后，护士们都要填写这张表格。这是项额外的工作。因为"舒伯特绷带"项目的每个案例都要求对护理过程有充分预判并采取全新的组织方式。

有些护理人员对这一探索不以为意。事实上只有一位坚决反对，还一度影响了团队的气氛。也有一些人尽管持开放态度，但会不自觉地产生一种挫败感，好像他们的护理没做到位似的。还有一些情况下，症状的缓解并不明显，病人看

---

[1] ECS：简化行为评估量表。EVS：简化语言表达量表。
[2] 不自然的躯体姿态，能够揭示病患未明确表述的某处疼痛。

上去对音乐无动于衷，只有护理人员感到"轻松了"。

随着时间的推移，整个团队和我都发生了变化。有大提琴介入的护理工作的组织臻于完善。"舒伯特绷带"项目成了一项开放、非随机[1]的前瞻性比较研究。这种非药物手段的镇痛效果得到了科学的严格检验，对其局限性和可能的偏差我们自然也有明确的认识。我们在召开于法国、瑞士、西班牙、加拿大、日本和以色列的多个国际医学大会上介绍了这个项目。

但最重要的是，在大提琴声伴随着引发疼痛的护理工作响起的日子里，许多快乐在科室里流动。正如护理人员所说："每周四，同事之间的争执少很多。"

他们一致认可在音乐伴奏下，护理导致的疼痛有所减缓。他们产生一种获得接力的感觉，由一种不属直接于他们职业的东西，但这种东西将他们的情感也考虑在内，深刻改变了他们的目视。他们都说自己对病人更加敏感了，能够把病人当作全方位的人看待，而且是带病之人；说自己变得更加平静，护理动作也更加温柔。他们表达自我感受的能力得到极大提升，"更有勇气成为自己"[2]。

---

[1] 随机性研究是一种实验研究方法，会将某种疗法的效果与实施另一种疗法、不实施治疗、使用安慰剂的效果进行比较。

[2] 玛丽娜·米尼奥（Marine Mignot）医生，《关于姑息治疗科一次引起疼痛的护理行为中音乐治疗对护理人员的影响的研究》(Étude de l'influence de la musicothérapie sur le personnel infirmier lors d'un soin douloureux en unité de soins palliatifs)，南特大学，医学与医疗技术教研室，2017—2018。

乍看之下，现场音乐犹如闯入病房的不速之客。然而，音乐不会造成伤害与破坏，它从未触犯到谁。在这个护理的世界中，音乐大方自然地侧身于漂浮着泡沫的水盆、手套、针筒、镊子和纱布之间，总是不尽相同又始终相同。无论是阿尔比诺尼的《柔板》还是乔·达辛[1]的《印第安之夏》，无论是《我的意第绪妈妈》还是阿拉伯民歌，现场音乐能让紧闭的眼睛微微睁开几秒，把因疼痛而扭曲僵直的双手舒展开。有时，它点亮双眼，在嘴角画出微笑，唤出眼泪，哪怕病人已经完全失去意识。现场音乐使病人在死亡的边缘唱歌跳舞，还带着护理人员一起舞动。

音乐打开所有的心扉。

---

[1] Joe Dassin（1938—1980），美国歌手，长期在法国生活，其法语作品在法语国家非常流行。《印第安之夏》是他销量最大的单曲。——译注

疼痛的护理和现场音乐

这些年,为各种护理伴奏的有许多"舒伯特绷带"。这些曲子,有的流畅轻快,有的沉重艰辛,但是几乎所有曲子都安抚了病人、家属和护理人员,减轻了他们的痛楚。

为409病房的D先生进行腹水穿刺[1]。他和护士们一起唱起克罗克罗的《我的路》。

> 如今,结局将至
> 我将面临人生的最后落幕

这天早晨,他平躺在病床上,似将爆炸的圆滚滚的肚子排出了全部腹水,松弛下来。整个过程中,他对疼痛浑然不觉。我这把1749年的意大利大提琴加入了合唱,用它所有的木纤维微笑着。

护理结束,他说:"有些日子,说真格的,活着还是值得的……有些东西值得牢牢抓住。"

---

[1] 腹水是一种在腹膜腔中的积液,需要通过穿刺排除,以减轻病人的痛苦。

我于是明白任何音乐都可以是有益的,甚至是美的。

为 407 病房的 S 太太包扎伤口。她患有大腿肌肉瘤,腿部腐烂,伤口又大又深,填入的纱布一块接着一块,最后令护士也无法承受、难以下手。我当时正演奏着《我亲爱的》[1],几乎同时,我也拉不下去了,那是我来到这一科室以来第一次。

我于是意识到我和护理人员之间的连结,意识到我的脆弱和极限。

为 410 病房的 D 太太沐浴、洗发。她患有"渐冻症"[2],虽然瓦格纳的《女武神》序曲令她甚为欢欣,但在护理过程中,她仍时不时地表达尴尬:"哎呀,都没隐私了。"用堪比瓦格纳女高音的腔调哼过几句后,她转向我,说道:"这还真是可笑……哎呀呀……伟大歌剧搭配裸体洗浴……哎呀呀。"

我于是发现羞耻感与欢笑是如此相近。

用洗浴推车为 402 病房的 H 太太梳洗。这是一位年轻的癌症患者,刚从多哥来。在大提琴的伴奏下,她一遍遍唱着舒伯特的《圣母颂》,双手合十,脸上绽放光芒,似乎望向她的灵魂。"这是一种飞升……我所需要的是……一角天空。"

我于是将音乐体验为一种祈祷。

---

[1] L'Aziza,法国歌星巴拉瓦纳(Daniel Balavoine,1952—1986)的一支名曲。——译注
[2] 肌萎缩侧索硬化症,别名夏尔科病,一种脊髓退化疾病,病因不明,无法治愈,会逐步引起严重瘫痪(四肢瘫痪、无法吞咽、无法呼吸)。

为406病房的F先生包扎骶部结痂。这是一位靠镇痛剂度日的患者,已无法交流。听着阿尔比诺尼的《柔板》,他的眼泪大颗大颗流下,淌过大理石般灰白的脸庞。

我和护理人员同样感动,内心受到极大冲击,一时难以自持。

为405病房的临终病人T先生包扎伤口,他的妻子坐在我身后,低声告诉我她丈夫最喜爱的乐曲。医生不允许她插手丈夫的护理,她便按自己的想法引导音乐的演奏,借此接续往日在家对丈夫的照料。

我亲眼目睹声音转变为温柔的抚摸,成为关爱的终极触碰。

为409病房的慢性疼痛[1]患者V先生进行复杂的关节活动。他平时对护理很抵触,甚至反抗,音乐使他停下了攻击性行为。在马勒《第五交响曲》小柔板柔和的旋律中,他任凭护士像抱孩子般将他抱入怀中,送回病床。护理人员记录道:"今天随着大提琴声,V先生放手让我们对他进行护理,他没有推开我们,甚至还抚摸我们的手。他用目光向我们清楚示意'谢谢'。"

我默默地见证了这一动人场景,世界重获新生儿的信任。

为404病房几乎从不说话的癌症患者R太太梳洗。当护理人员在亨德尔歌剧《里纳尔多》的旋律伴奏下为她重新包扎完毕,她开始滔滔不绝地讲述自己身上发生的可怕故事,倾吐人生中难

---

[1] **慢性疼痛指持续三个月以上的疼痛,不因疼痛原因消失而缓解。**

以言表的经历。音乐的喷泉把深藏的伤口变成了言语的喷泉。

我发现音乐超越了词汇，成为话语释放的可能路径。

为 401 病房的 H 先生包扎简直就像过节。随着古巴萨尔萨舞曲的节奏，卧床的病人在病床上轻轻扭动，护士与护工开始跳舞。"幸运的是，还有音乐拯救了我们……您的头发真漂亮……"护理人员记录道："在今天的护理中，大提琴就像是笑气。我们疯狂大笑，病人也大笑，气氛十分轻松。H 先生用双脚配合舞蹈，护理过程非常顺利。"

快乐大爆发，节奏热烈，荡人心旌，感染众人。我兴高采烈地并脚跳入。

为 405 病房的 M 先生装设电动针筒推杆器注射吗啡。病人患有多语癖，感到剧烈的疼痛。"太疼了……太疼了……受不了了……不了了……"大提琴声触动了病人以及病人的儿孙，抚慰了他们。三人相拥而泣，好似疼痛将他们揉成一尊雕塑，一动不动。我知道，他们承受着无尽的痛苦，相比之下，音乐并不能起多少作用，然而神奇的是，音乐安抚了他们。病房中的所有人都能感受到。我也知道，在这些奇特的时刻，病人的疼痛减轻了，这并不是我个人的力量。

能够传递这股"缓解疼痛"的力量，我的内心充满感激。

为 408 病房的 C 先生沐浴和洗发。病人的癌症已发生骨转移和肺转移，陷入昏迷。护理人员这样记录："随着音乐，病人的胸部扩张幅度明显变大。护士和护工都感到十分神奇。感觉到一种分享,甚至是沟通交流。"

我感到充满音乐的寂静比音乐更有力。

为402病房的临终病人F先生梳洗并进行护理。演奏中,病人的脸庞极度舒展,最后还显露出"幸福的表情"。梳洗后,病人的儿子见到父亲,说道:"我的父亲要走了……去向生命。"护士记录:"Rudkin镇静评分3分[1],病人明显放松了。我也不紧张了。我还有些感动,音乐触及了病房中所有人的情感核心。"

我意识到死亡和爱运行在同一片深水区。

为407病房的C先生包扎坏死的腿部。听着耶耶音乐[2],他非常享受。护士问:"我没弄疼您吧?"他近乎尖叫着回答:"快闭嘴,我在听音乐呢!"护理结束,他微笑着告诉护士:"很甜蜜。很舒服。我去了很远的地方。"

和每次一样,我参与发起旅行邀请。

为409病房的J太太进行梳洗和复杂的关节活动。她的癌症已出现多发转移,并伴有认知障碍。听着大提琴,她开始哭泣,说道:"太美了,太神奇了。她弹得真好,这位小钢琴家!"过了一会儿,她又说道:"先生,您能不能把收音机的音量调低些?"

护理结束,护士离开前往她的被单上喷了点薰衣草香氛,她

---

[1] 病人闭着眼,但对呼唤有反应。
[2] 1960年代法国一种翻唱美国流行金曲的流行音乐,因一些歌曲中常有伴唱女声清纯、甜腻的"耶!耶!"的欢呼而得名。——译注

说:"您能把收音机关上吗？我听够了。"

我走出病房，从技术精湛的钢琴家变成被关上的收音机。

为 H 先生包扎。看见我走进房间，他露出担心的神情，摸了摸自己的睡衣说:"很抱歉，我身上既没现金也没有银行卡。"我向他保证我的演奏不收钱，于是他换了一副语气，说:"随你便吧，我有的是时间……来吧，来点音乐……"过了一会儿，他被音乐迷住，说道:"亲爱的，我们该不会在听音乐会吧？像你这样的金发女子，你不是土耳其人吧？"

我在心里笑出了眼泪，然后谢了谢他。

然而，在一些使用了镇痛剂或陷于昏迷状态的病人的护理中，音乐的益处无法判断。

还有一些病人拒绝尝试或者再度接受音乐伴奏下的护理。

而没有大提琴伴奏时，一些护理人员有时会感到"被抛弃"，流露出不快、悲伤的情绪，甚至发怒。

结 果

2016年，我们公布了"舒伯特绷带"项目112个病例的研究结果，显示病人的疼痛程度减弱了10%至50%，近90%的病人的焦虑得到缓解，对护理人员的正向效果达到100%。

然而，这个项目也让我们意识到科学研究的局限性。首先，我们的研究基于情感分享，这一点难以量化。其次，我们互相作用的主观性，在缓解病人疼痛症状的同时，一定也影响了对这种缓解的分析。

2017年，在日内瓦国际临终护理大会上，我分析了我们在方法论上面临的困难。在短时间内根据疼痛量表进行评估，这并不容易；音乐的效果与镇痛镇静用药的效果也难以区分。此外，音乐带来的情感偏差也干扰了定性分析。

这场探索中出现了诸多问题。乐器的振动和人们内心深处的震动产生共鸣，这其中发生了什么？是音乐诱发或揭示了情感？照护者对临终病人的经历的恐惧是否确实可以测量？量化情感是否合理，我们是否能将感觉换成数字填入表格而不陷入荒谬?

介入护理的评估者主观性极大。在这个伴随着巨大的正向暗示效应的项目中,他们既是裁判又是运动员。然而这种效应,并不是评估中的混乱因素,更不是重大的方法偏差。它是一种能动的力量,是护理的真正的动力。

"舒伯特绷带"项目在引起疼痛的护理行为中精彩地实现了护理和现场音乐之间不可能的相遇,凸显了病人、家属、护理人员和音乐人治疗师之间全新的动态联系。

因为当音乐在病房中回荡,它的对象是病人身上依旧健全、生机勃勃的那部分,即使这部分如今在病人的生命和健康中只占极小的比重。

就这样,在这条从音乐演奏家转型护理的道路上,时而,我是进行探索的研究者,"我用目视标记"[1],时而,我是并肩前进的陪同者,"我用目视感受"。

研究者,她倾向量化、分类、分析、证明。面对不容回避的客观症状,她忠实标记,以在测量后构建一种秩序。

陪伴者,她既不引导,也不掌控。她不寻求知道一切,

---

[1] 引自多纳西安·马莱(Donatien Mallet)的著作《科学和存在之间的医学》(*La Médecine entre science et existence*, Vuibert, coll. Espace éthique, 2007)第一章标题"感受的目视和标记的目视"(Le regard qui sent et le regard qui pointe)。

不试图建立法则。她以其在场支持他者无法约化的独特性，和他们团结一心。

勒内·夏尔[1]写道，诗人应该留下痕迹，而非证据。

"舒伯特绷带"项目的结果行走在研究者带来的证据与艺术家留下的痕迹之间的分水岭上，是对病人所承载的令人振奋、凝聚众人的体验的不可磨灭的记忆。

---

[1] René Char（1907—1988），法国诗人，早期曾受超现实主义影响。——译注

孔巴先生

"我在拳台上！"

2011—2019。巴黎，圣佩琳娜医院姑息治疗科。

春日里一个阳光明媚的早晨，孔巴先生对我说："我忘却了疾病。您拉大提琴时，我感到自己没有任何疾病……"他停顿了一下，似在寻找细节，想要更精确些，接着说："不，不是这样的，当您演奏时，我不再是病人。我感到自己充满了快乐和生命。"他语速缓慢，呼吸急促，僵硬的脖子陷在肩膀之间。灰色的脸庞上双眼含笑。他请求再演奏一段。结束了还要，再来一段。

我们的相遇是在"渐冻症"病房，他来"轮休住院"[1]。

他在此一年前发病，刚开始下肢瘫痪，迅速蔓延至躯干，接着是上肢。孔巴先生当时 65 岁，他还能动动手指。他有一双运动员的大手。

他呼吸困难，夜晚入睡需要戴面罩吸氧方能避免在熟睡中窒息。他曾经是位拳击手，后来成为保安。"夜总会清道夫。"他挤挤眼说。这位多哥裔男士年纪尚轻。光荣的前国手。如今却拖着

---

[1] 短期收治，以减轻病人家属或者重症治疗科室的负担。

一副沉重的躯体动弹不得。

每次到他病房，音乐都令他眉开眼笑，谈兴大起。如同一位旧时智者，他吐字缓慢，时不时被沉重的吸气声打断："克莱尔……克莱尔……这是永恒的经历……唤醒了身体。太了不起了……您所带来的，会留在我生命里，使我的生命变得崇高。"听到大提琴声，过往的记忆浮现在眼前。他说："这使我回到了过去，保持希望，决不放弃，继续战斗……我感受到生命……将生命坚持到底……"

然后他重重地点了点头。

在我陪伴过的所有病人中，他对医院病房中这一音乐时刻特殊性的表述无疑是最确切的，这一极富营养的时刻不是现在、不是过去、不是未来，而是融合了现在、过去和未来。他说："我同时经历了深沉的过去和未来。"他微笑着，神采奕奕。"我忘了痛苦的当下。过往重现，栩栩如生，而未来可期。您看，这是个奇迹。爱和音乐的奇迹。这让我的内心充满了力量。"他那双柔软有力的大手，那双重量级拳王的手，那双握手时会把我的手吞没的手，紧紧相握，他说："我的朋友，伟大的马塞尔·塞尔当[1]得到了一切，荣耀和爱情，但是上帝将一切都收走了。"我从不向他提问。他喜欢所有音乐，却总是想听一支琵雅芙的歌，尤其是《不，我无怨无悔》。旋律响起，他坚持取下氧气面罩，呼吸急促，而脸上容光焕发。他左右摇晃着脑袋，紧紧注视着我，伴着琴声唱歌。每次唱毕，他便总结道："我在拳台上！我充满了战斗的力量！"

---

[1] Marcel Cerdan(1916—1949)，法国著名拳击运动员，曾获得中量级世界冠军，是法国香颂天后琵雅芙的男友，1949年因飞机失事去世。琵雅芙《爱的礼赞》即为纪念他而作。——译注

音乐是力量。

声音和寂静的织娘，

音乐汇聚时间的碎片，

恢复持续的存在。

音乐召唤当下的滋味，

潜入人生深处，

触摸、激发美好回忆。

在凝固的身体中，

感受到生命的活力，

一种激情的回归，

重逢流动的生命。

米勒太太

"声音朋友"

"在声音朋友的海洋中,我惊恐地尖叫,我与死亡照面……天啊……我再也忍不住了。"听着我为她演奏的阿尔比诺尼的《柔板》,米勒太太泪如雨下。

米勒太太47岁,乳腺癌肝转移和骨转移,在姑息治疗科住院。她总是微笑,一直微笑。她有一双柔和的栗色的眼睛,皮肤白皙。"这琴声,如此美丽,让我无法撒谎……音乐钻入我隐秘的内心,让我从内心发出尖叫……没人认识这样的我。"她自言自语般喃喃地说着,眼泪让她渐渐语不成句。我理解米勒太太"从内心发出的尖叫"是面对死亡时恐惧的尖叫。今天,在阿尔比诺尼《柔板》的旋律中,回应尖叫的是声音朋友的海洋,而不是日复一日的冷漠和寂静。我很难理解她的话语。她按着我的手,拉住我。"请再演奏一遍《柔板》……"她卸下了光滑平静的面具,透露出无尽的焦虑,与她丰满的脸庞呈现出奇特的对比。

我一遍又一遍地拉着。"谢谢这些声音朋友,它们让我感觉好多了。"我默默地感谢她如此称呼我亲爱的乐器发出的乐声。我告辞时,她没有看向我,只是低声说:"它们在迎接我……声音朋友。"

音乐是朋友。

声音朋友允许

面对死亡发出恐惧的尖叫。

它们加入这声尖叫,

裹上神秘的回响。

它们融入其中,如看不见的抚摸,

有时模糊了尖叫。

声音朋友试图推迟最后的放弃,

可以预感的放弃,令人恐惧的放弃。

它们催眠那无法纾解的心灵,在那难以接受的痛苦中,

在那短暂而永恒的一刻。

里维埃先生

> "尽管我的手不能鼓掌,
> 但是我心在喝彩。"

我第一次提出为他演奏时,里维埃先生结结巴巴地道歉,不知道该选哪支曲子。他有些担忧,甚至惊慌地说:"我不懂音乐。"他患有食管癌,已经转移,三天前被收入科室。这位古稀之年的老人脸色灰败,动作迟缓。我坐到病床边,开始演奏巴赫的"第一大无",他认真地观察我按在琴弦上的手指,目光柔和而苦涩,迷失在难以捕获的思绪中。他似乎陷入了幻想。我仿佛看见"声音朋友"闪烁着小火花,在病房中起舞,绕着我们打转,以隐形的螺旋轨迹钻进他的身体。

他的妻子在一旁抽泣。我感到病房的整个空间既兴奋又平静。最后一个和弦奏完,他抬头看着我,缓缓说道:"这巨大的幸福会让我重新恢复活力……您的大提琴在鸣唱……令人震撼……触动了我。"他要说的话是如此清晰,而他的吐字却零零落落。他还有些迟疑:"我不懂音乐,但我能感受到。"

我们的见面好似节日。里维埃先生描绘自己感到"充实""得到很好的照护""重新成为身体的主人"。他的妻子哭着说:"泪水安慰了我，洗净了我，我感觉好多了。"

然而，每周见面，我都发现里维埃先生的状况更差了。他的妻子从不离开，夜里也在：她在病床边上搭了一张行军床。第四次见面时，里维埃先生连睁眼、说话都很费力了，但他仍然坚持描述自己的感受："充实了我……整个人……这是全新的感觉。为我的灵魂重新注入了生机……尽管我的手不能鼓掌，但是我的心在喝彩。"

他充满感激，并且依旧能通过眼睛表达这份感激。

去世的前一天，里维埃先生对妻子说了最后一句话。这是他最后的礼物，低声说出的财富——在死亡的大门前，现场音乐有时会制造出这样的奇迹：

"它继续活着……即使当它停下时。"

要继续活着，就必须说出事物的美好。

音乐是生命。

乐器的振动

与心灵"内核"纠缠,

不可言喻之地,突然恢复活力。

生命的跃动,

疲惫的身体下是和谐统一。

音乐彻底献身于

声称不识音乐之人,

与心灵的智慧共振。

勒布伦先生

"拉赫玛尼诺夫或许能拯救我?"

勒布伦先生是前情报员,因前列腺癌转移而入院,他半身不遂,再也无法离开病床。虽然使用了大量药物,他还是抱怨有只"臭虫"钻到他背里,夜以继日地钻个不停——他有时会陷入这样的幻觉,变得极其烦躁,而几乎全盲的双眼令他更加焦躁不安。他的瞳孔上蒙着一层浑浊的阴影。他脸色蜡黄,双颊凹陷。然而,这天早上,当我为他演奏谢尔盖·拉赫玛尼诺夫的《练声曲》时,他非常温柔地对我说:"我和多年前躺在摇篮里的那个人是同一个……这多么奇特啊!"

病房的墙上歪歪斜斜挂着一张黑白照。照片上一位年轻男子怀中抱着一个孩子。尽管有些模糊,但我看得出一直抱着的这两人有些相像。

演奏结束,他摸索着和我握手。"只要我能听到大提琴的背景声,感觉就不会那么差。"沉默半晌,他问:"您也在葬礼上演奏吗?"

一周后,得知当晚我在俄罗斯大使馆有一场音乐会,他再次向我伸出双手:"我想去音乐会,请带我一起去吧。"接着,他打了个手势示意我靠近，在我耳边低声道："我有话要和他们说……"

音乐时段对他而言是苦难中的庇护所和避风港，是有助回想过往的记忆之所，也是可能的快乐之地。他用各种美好的词语向我表达这一点。他是位诗人，深深地打动了我。一曲终了，他就会像孩子们剥落田野里的雏菊花瓣那般，一桩桩一件件地回忆某些他选择讲述的往事，它们犹如一幅幅彩色图画在他失明的双目前川流不息。他告诉我他如何在一家英国保险公司起步，后来参军，成为警察，最后加入法国情报部门。"对于一个一事无成的小人物而言，还不错。"他带着一种怜悯的微笑总结说。

勒布伦先生沉浸在音乐中，如同蜷缩在母亲怀中的孩子。他希望音乐永不停歇，让音乐的振动绵延下去，他朝着我低声说："这首《练声曲》的结尾犹如一条细丝……滑进我……穿过我……我从内心深处感到愉悦……拉赫玛尼诺夫或许能拯救我？"

拉赫玛尼诺夫充实了他，震撼了他，令他整个人为之战栗，短暂地忘却那只在他后背上钻洞的"臭虫"。

"如果你能天天来，我一定能活得更久。"

音乐是振动。

乐器在歌唱,在振动,

包裹并穿透尖叫的身体。

感受到这份活力,

战栗的过往浮现,

似涓涓溪流,或汹涌山洪,

冲出藏匿的情感。

共鸣中,存在感

有了童年时光里

满满的水果滋味。

一支练声曲的时光。

马丁先生

"还真不错。"

第一次接触马丁先生,他有些生硬,几乎称得上咄咄逼人。这位老人75岁,肺癌骨转移,身材矮小敦实,之前在巴黎郊区经营一家咖啡馆。我提议来些音乐时,他黑着脸喘着气说:"这烂病……真疼……为什么这么疲惫?……我不在乎什么音乐……"于是我准备告辞,他突然缓和语气,说道:"要不您试一下……看看情况再说。"我在他面前坐下,拉起了莱奥·费雷[1]的歌曲《探戈时光》。才拉了几个音符,我就看到他的脸定住了。

> 我搂住她的纤腰,
> 不是卢卢,不是玛戈……

马丁先生挠了挠头,有些不安地说:"真没想到……不错……还不错……"他一下子把被单掀到一旁。

---

[1] Léo Ferré(1916—1993),法国音乐唱作人,诗人。——译注

> 是阿根廷的女王,
>
> 而我,她的无畏骑士。

马丁先生开始跟唱,从低声轻唱到最后放声高歌,沙哑的嗓音和大提琴声交杂在一起:

> 啊!我是那样喜欢女人,
>
> 是那样取悦她们!那时英俊的我!

马丁先生充满活力地直起身:

> 要让时光倒流,
>
> 如同探戈的后退走步!

音乐停下,他告诉我:"毕竟我有过一段美好的青葱岁月……是的,难以置信,我的青春……那时我有辆蓝色的摩托车,通体蓝色……我骑着它去参加舞会!多么幸福……那儿有漂亮的女孩子……而我,我的相貌也不错……"他的目光迷失在遥远的回忆中,"这一切都过去了……要让时光倒流……曾经多么美好……曾经多么美好……是的……还真是美好……"

过去、已逝、深埋的"多么美好",重新成为当下,令人回味无穷。

音乐是鲜活的记忆。

小小几点，在黑暗中闪烁着光芒。

　　怀旧回忆中的往昔

　　化作意乱情迷的当下。

　　　　时间穿越。

　　　　时钟静止。

时间的奇迹超越时间与心灵相会。

阿萨罗太太

"我感到自己是个人物了！"

阿萨罗太太要听高音："天啊，你拉得太好了，只是音太低了些。"

她是位支气管癌晚期病人，脑转移还部分导致了一些精神病症状。

她的一生如同一部黑色小说：丈夫遭杀害，尸体在他的汽车后备箱中被发现；女儿二十年来杳无音讯；她有兄弟姐妹四人，个个抽烟酗酒，全都死于支气管癌，现在她知道轮到她了。她素爱嘲笑他人，有时咄咄逼人。她曾在马戏团驯狮，后来，用她自己的话说，"在食堂帮工"。我们第一次见面在露台上，她坐在轮椅上抽烟。她直截了当地对我说："还是死了好，我受够了。"她烦躁地深吸了一口烟，接着一阵剧烈的咳嗽："我病得够久了。"

我演奏时，她睁着浑浊的双眼看着我。双唇浮肿，脸色灰暗，她声音沙哑地命令我："我想要不断升高、一直升高的音乐，直至太阳……天啊……就是这样，这正是我要的……你能拉吗？在太阳里，我就能够告诉别人我的心里话。见了鬼了啊！"

大提琴声渐渐升高，来到高音，她听得兴高采烈。在她身上，我强烈地感受到我们每个人都有的那种摇摆，一方面是未来死亡的确定性，另一方面是无尽的生存渴望。这位曾经的驯兽员令我灵感迸发，陷入疯狂的即兴创作，用激荡的震音冲向大提琴的最高音，发疯般游走的滑奏[1]，闪电般明灭的和音，似乎在呼唤巅峰处强烈的光线和纯净的空气。她尖叫着："啊，对，加油！加油！谢谢你把我带到了太阳！天啊……在天上，在这光芒中，我感到自己是个人物了！"

---

1 Glissando，源自意大利的音乐术语，指以连续的方式从一个音符滑至另一个音符，或者通过一组中间音符从一个音符过渡到另一个音符。

音乐是飞翔。

音乐散发着高空的气息。

在与自我崩溃的斗争中,

声音抵达天穹。

重建身份认同,

鼓励无视死亡恐惧。

在天顶太阳的光耀中,自我显现。

弗里德曼先生

"您是我心灵的镇痛剂。"

弗里德曼先生 76 岁，前列腺癌晚期。他外貌精致，有着贵族般的举止，尽管上了年纪，仍有一头茂密的头发。他曾经做高级服装生意，在全世界旅行。他有过六位妻子和众多情妇。前来探视他的女性络绎不绝。每天的日程安排颇为复杂，有时甚至跌宕起伏。

我一进他的病房，他便毫不犹豫地请我演奏贝多芬的《欢乐颂》。他聚精会神地聆听，令我印象深刻。

乐段结束，他对我说："我忘了我在住院。一位漂亮的女士给我拉了浪漫曲。我要告诉我妻子。"接着，他用指尖抛给我一个吻。

一周后，我再次来到他的病房，他明确地告诉我想听什么："首先，请演奏普契尼《图兰朵》第三幕里的《今夜无人入睡》。"

弗里德曼先生很有教养，熟练掌握语言，提出许多中肯的评论。他谈起自己从童年就开始的对音乐的爱好，说自己整整三十年每年都订香榭丽舍剧院的年票。他向我讲述他在那些商务旅行中接触到的著名艺术家的轶事。在威尔第和普契尼的咏叹调的乐声中，我们轻松交流，甚至带了点调情的意味。与弗里德曼先生在一起令人愉悦。

两周后再次见面，他的病情急剧恶化。我演奏时，他躺在病床上，脸颊凹陷，凝望着大提琴。巴赫"第五大无"的萨拉班德舞曲终了，他一言不发，双唇微微颤抖，语气不再诙谐。当我告辞时，他向我露出苍白的微笑，一言不发地撸起袖子，露出手臂上奥斯维辛的编号。我再次走向他。他抚摸着臂弯上刺着的囚号，也不看我，说道："面对难以言喻和难以忍受的痛苦，音乐连接起生命的意义。谢谢，您是我心灵的镇痛剂。"

音乐是沉默。

语词一个接一个

被弃于路上,

无用的装饰,

空虚的外壳。

面对秘密

和无法言说的敞开的伤口,

唯有沉默。

伯拉克太太

> "布列塔尼万岁，布列塔尼人万岁。"

伯拉克太太不想继续活下去了，她的肺癌发生了肝转移。她不与任何人交流，既不理会她的独生女也不与护理人员沟通。当我为她演奏莫扎特的曲子时，她显得兴致阑珊。最初的两次见面，她都沉默不语，眼神凝滞，面无表情。第三周，我从一位护士处得知她出生于布列塔尼地区坎佩尔附近的一个小村庄。于是第三次见面时，我直接拉起了当地的民谣《他们都有圆帽子》。她一下惊醒，像被针扎了似的，挑高眉毛，一脸惊愕地看向我。"他们都有圆帽子……"

"您听出了这首曲子？"她把头点了几点，紧紧盯着我。"您还想听吗？""想的，想的。"她开口说话了。"想的，再来。"她的眼睛似100瓦的灯泡一般亮了起来。我为她再次演奏这首曲子。"布列塔尼万岁，布列塔尼人万岁。""我知道……我知道……再来。"

她的呼吸变得急促，从枕头上抬起头，至少抬起了5厘米。她随着琴声唱了起来，确切地说是随着节奏嘟哝，摇晃着脑袋，眼睛炯炯有神。"布列塔尼万岁……布列塔尼人万岁。"直至那天我才知道这首歌有点色情成分。她对歌词谙熟于心。现在轮到我一脸惊愕了。

> 当一架"飞机"飞过,
> 所有男人都抬起眼睛,
> 当一位漂亮女子走过,
> 所有男人都翘起尾巴。

她笑了,要知道入院以来她从未笑过。"布列塔尼万岁,音乐家女士。"

一周后,她不在了。护士们告诉我,在那天演奏后,她不停地"哼唱",直至入夜时分才停下。她还笑了,接着她再也未开一言。两天后,她去世了。

音乐是童年的歌谣。

带来震动，

感受新鲜，回归欲望。

当一切离你而去，

它等候在干枯的唇边。

童年的歌谣是深情之音，

在血液中流淌，

点亮了灵魂的最后分娩，

它灵巧的双手，

托起一个完整的生命，

不求任何回报。

卢瓦索先生

"犹如一个出口。"

卢瓦索先生46岁,患艾滋病、黑素瘤脑转移及丙型肝炎。他没有访客。11月的一个早上,我推开病房的房门,他向我露出一个释然的微笑,立刻用"你"来称呼:"昨晚太可怕了,请你为我演奏平静些的曲子吧……"

加布里埃尔·福雷的《梦后》,他盘腿坐在床上,隐忍克制地聆听。他说:"首先……是激动……接着是脆弱……我起了鸡皮疙瘩……"他双手抱膝,蜷成一团。极度消瘦的身子令我震惊。他接着自言自语说:"就好像音乐给了我一种释放某些东西的手段……你看,不一定是源于自身,而是一种外部的力量……就好像音乐不仅仅与一个人对话,而是与很多人对话……这太疯狂了……一种可能的分享。"他转向我,一脸病容:"你明白吗?事实上,想要喷涌而出的是我的痛苦。你为我提供了一条逃离束缚感的路径……犹如一个出口。"

我为他演奏了很久。他说:"音乐给破碎的、去人类化的身体带来了意义。"音乐如电流流经他全身。

一周后我再次来到病房，卢瓦索先生的病情急剧恶化。他躺在床上，戴着氧气面罩，身上青一块紫一块。他从前一夜起陷入昏迷，双臂摆在胸口。仿佛在安静地等待。然而，当我为他演奏福雷的《梦后》，仅仅几个音符，他的呼吸就变重了。《梦后》的节奏配合着他逐渐变深的呼吸。我进入了他呼吸的节奏，这是我的特权。他的呼吸混入琴声，房间中只剩我们两人的呼吸，与旋律神奇地契合。一致的律动。

一曲结束，我发现他的手臂上起了鸡皮疙瘩。《梦后》。

这是我们之间最后的对话。当天他过世了，就在我离开病房一小时后。

音乐是共鸣。

音乐渗入，回声响起，建立联系。

声音繁多，

情感丰富，

音乐触及

病人形形色色的独特经历。

音乐流畅地

接受异质性。

鸡皮疙瘩证明了存在于世

直至生命终点。

天国门前纯净的生命。

拉莫太太

"我的身心都为之震颤。"

第一次推开病房的房门时,我惊叹于拉莫太太的美貌。她躺在病床上,看上去十分平静,双手交叉而握。她患有肺癌,并伴有脑、骨、肝损伤。这是一位69岁的女士,非常优雅,头上戴着一条淡紫色的发带,皮肤白皙,眼睛化了淡妆。她转向我,原本有些担忧的目光看到我似乎如释重负:她隔着墙听到了大提琴声,就一直在等着了,生怕轮不到自己。

她对我说:"我喜欢音乐,我的先生还是位发烧友。可惜他不在这里。"她的眼神暗淡下来。

我演奏了本杰明·布里顿的《无伴奏第三大提琴组曲》,正教祈祷形式的结尾,阴沉的和弦充满整个房间。她闭上眼,迎接每一个音:"袅袅不绝,非常强烈……我的身心都为之震颤……难以想象这种震颤如此强烈……"我还为她演奏了舒伯特的《小夜曲》和福雷的《西西里舞曲》。我看到拉莫女士脸上绽放出光芒。"很遗憾我先生不在这里,您一定要再来。"

一周后,拉莫太太的先生为我打开房门,热情地迎接我。我演奏了一小时一刻钟,两人都心满意足。在拉莫先生的要求下,我首先演奏了夏庞蒂埃的《感恩赞》，接着是莫扎特《第 40 号交响曲》选段以及几支歌剧选曲。当他请我拉德沃夏克的《大提琴协奏曲》时，音乐时刻成了一场真正的音乐会。奏起第一乐章，我的思绪短暂地飘回了柴可夫斯基音乐学院 40 号教室——我上课的地方，想起了我的莫斯科老师。我拉着大提琴独奏部分，他则放声高唱，模拟伴奏的交响乐队。有些人会觉得如此混乱的表演堪称灾难，而我却感受到了完美。

在我和他们共同体验到的这个世界中，在这个无尽的空间里，莫斯科化为齑粉。

莫斯科在远处倒塌，从我的恐惧背景中消失。

护士们从门后探出脑袋，决定晚些时候再送药。护工们也决定推迟送午餐。

拉莫太太双颊泛红，两眼发光。丈夫的愉悦令她喜笑颜开，他孩子般的旺盛精力令她开怀大笑。拉莫先生毫不掩饰他的贪心，一首协奏曲结束，马上开始下一首，下一首结束还要一首。时间似乎暂停了。他们不愿放我走。我告辞离开时，拉莫太太指着自己的心脏对丈夫说："音乐使我平静……我已经忘了这里那么有生命力了，这里，你明白吗……"

然而，当我第三次来到病房时，拉莫太太看上去有些倦怠。她的丈夫一见我进来，立刻就又点了"一单"：舒伯特《阿佩乔尼奏鸣曲》慢乐章。病人的嘴唇难以觉察地颤抖着。我看到她偷偷看向丈夫：她注意到大提琴的乐声有多么令他愉悦。她想要继续分享，而他不再看向她。在病房的空间中，这个平常的消遣活动犹如刚生成的海啸。事情有些变味，脱离了我的掌控。拉莫太太渐渐重新封闭自我，我看到她的身体缩了回去，双手再次握在一起。她的脸色苍白。她被排斥了，被半路抛弃了。即使没有她，丈夫也会幸福。她从那张神采奕奕的脸庞上看出来了。我全力以赴为她而演奏，我看着她，冲她微笑。当死亡近在咫尺，全部人生原形毕露的风险伺机而动。于她，这是意义的崩溃。我知道我不需要为她的病情、为即将到来的死亡、为他们相伴一生的关系中所有我不了解的事情承担任何责任。我只是过客而已。然而我感受到她深深的不适，而她的丈夫对此却毫无觉察。我带着这份不安离开了病房。

音乐是光。

身体破碎,

对完整的渴望依旧不变。

他者的目视助力与破碎相抗。

他者的目视复原整体,

也能在虚无中将之击碎。

同一个目视。

震颤的琴音在光中洗净眼睛。

阿代拉伊德女士

> "感谢您为我温暖了母亲的内心。"

这天,病人的儿子,一位50上下的男子在病房中接待了我。他有些焦躁不安,没看我一眼,径直给我安排了最合适的椅子——"别坐轮椅,也别坐扶手椅",和最好的位置——"不要离阳光太远,不要离卫生间太近"。"尤其,尽可能靠近我的母亲。"他哽咽着说完。阿代拉伊德女士91岁,新近诊断出的外阴癌末期。两天来靠注射吗啡缓解疼痛,她一直昏睡,对外界没有任何反应。

我拉起阿尔比诺尼的《柔板》,她的儿子站在一旁,头抵着墙,无声地哭泣。一曲终了,他目不转睛地看着母亲,无法移开,久久的寂静。音乐结束后的寂静也是音乐,不管多长多短都合适,只要听的人愿意。他告诉我,他的母亲总是沉浸在音乐中,她的丈夫,也就是他的父亲,生前是位水彩画画家,总是听着巴赫的音乐作画。他将手放在胸口,说:"音乐能打动这里。"他始终没有看向我,接着说:"请继续拉吧。拉巴赫。"

于是我接着拉了巴赫"大无"组曲里的好几支舞曲。阿代拉伊德女士仍在昏迷中,但呼吸明显更深了。乐章之间停顿时,这一现象更明显了。儿子对我说:"母亲要能听到,音乐一定会温暖她的内心。"现在他平静下来,始终看着母亲,然后看着母亲的前胸随着呼吸托着被单上下起伏,他接着说:"是的,她听到了。"

当我举起琴弓,向他宣布表演结束,他终于第一次正面看着我,对我说:"感谢您为我温暖了母亲的内心。她现在不再悲伤。您给予了她一种话语。"他显得一下子年轻了。

一周后,一位我从未见过的女士堵在病房半开的门前。她看上去怒气冲冲,从她的目光中我明白她堵在那里不让我进病房。我缓缓地走开,病人的儿子一阵风似的冲出房间,一把抓住我。他结结巴巴地向我解释道,他的妹妹反对大提琴演奏,但不用管她。他恳请我进入病房演奏巴赫。他的妹妹过来拦,两人在走廊吵了起来。我无力地看着他们激烈争吵,大发雷霆,我甚至不明白其中的重点所在。这时,另一位妹妹带着丈夫和几个孩子到来,徒劳地想让两人停止争吵。一个小外孙女哭了起来。我立刻做了一个决定。我乘隙溜入房间,迅速坐到上次演奏坐的椅子上——"别坐轮椅,也别坐扶手椅;不要离阳光太远,不要离卫生间太近"。外祖母双眼紧闭,安静地躺在床上一动不动,与门外的吵闹形成奇特的对比。

巴赫的咏叹。大提琴的鸣唱为走廊上的尖叫覆上一层天鹅绒。音乐如同一股清泉喷涌而出,在振翅声中扶摇直上,袅袅盘绕在医院的空气中。此时此刻,我感到对于那些无解的问题,这就是唯一的回答。尖叫声戛然而止,家属们鱼贯而入。只有倔强的妹妹依旧伫立在门口。就仿佛巴赫俘获了所有人,更确切地说,拽着他们的衣袖,用力把他们摇醒。他的音乐里没有道德的训诫，只是使他们隐隐约约瞧见一片无边无尽的温情，比他们的怒火更强大。阿代拉伊德太太的呼吸越来越深沉。多么惊人！也许她只能依靠呼吸，告诉家人她还在。所有人都目睹了病人呼吸的变化。乐声停歇，我感到房间里更明亮了。这很惊人，声音有时能带来光辉。我经常看到这一现象。儿子看上去很幸福。带着孩子前来的女儿感激地说："这太美了，太深刻了。"另一位女儿站在门口，像尊雕塑一动不动。但当我离开房间，雕塑活了，跟着我。我知道刚才的演奏有点冒险，我还知道我赌赢了。她想要跟我交流。我停下脚步，转过身。她低头盯着自己的鞋子，飞快地说道："我之前没想到……音乐使我们团结……音乐使我们平静……"

音乐是话语。

死之将至,催生一种难以表述的恐惧。

大提琴的话语试图打破寂静的钳制。

纵有恐惧骇人,

纵有心如乱麻,

纵有一腔怒焰,

琴声召唤情绪共同体,召唤共享。

大提琴之道以自己的方式与终极脱逃斗争。

它见证了失去自制的可能。

它将人们

聚在临终病人的床前。

卡泽纳夫太太

"我跟你说说心里话"

卡泽纳夫太太是戏剧界的一位耆宿，法兰西剧院的分红演员。她举止优雅，梳着高高的发髻，带着闪亮的戒指。她扮演过所有重要角色。我们第一次相遇在阿莱西亚科里安花园失能老人养老院，她礼貌又坚决地请我离开。我记得当时她立刻又读起了书，态度鲜明地表明这事到此为止了。

两年后，我们再次在圣佩琳娜医院相遇。她的肾脏和心脏衰竭到了终末期，被紧急转来这里。走进病房，我看见白色被单下蜷曲着的瘦弱身形。我缓缓走向床边，询问她是否想听音乐。她示意我走近些。脸庞极度消瘦，骨头奇异地突出，我几乎认不出她。眼中仍然闪动着活力，锋利的光芒好似上好的厨刀。她对着我喃喃道："我跟你说说心里话。"并示意我再靠近些。我向她俯下身。"请您立刻离开我的房间！"她以一种戏剧性的声调尖叫道，吓得我差一点就把大提琴、琴弓、防滑板和琴谱包全摔到了地上。

卡泽纳夫太太，一位了不起的人物，直至最后。

音乐是挑衅。

音乐唤起拒绝的力量,

优雅地说不,

强烈地说不。

不到最后,绝不放弃生命,

绝不放弃自己的角色,

尤其在知道这是最后的角色时。

布洛克太太

"它们会回来。"

布洛克太太最不想要的便是音乐。"我在这个世上孑然一身。您为我演奏的话，我会害怕……我怕它们会回来。"她被收入姑息治疗科进行慢性疼痛评估。她也是纳粹屠犹的幸存者，全家人只有她死里逃生。她喜欢音乐，然而，非常抱歉，就是没道理，她不想听到大提琴声。

谁知过了一会儿，我从旁边病房演奏完毕走出，不想她将耳朵贴在房门上偷听，我一推门正撞在她太阳穴上，撞得还挺重。她低着头迅速逃开，好像做了错事一般。护士告诉我，从早晨起，她就一直跟着我，躲在每个病房的每一扇门后面，随心所欲地聆听大提琴，这样当情感过于强烈时便可以抽身离去。音乐在她身上激起了一股生命的力量，一股她难以抑制的力量。于是她巧妙地控制着适合她的剂量。

音乐是危险。

黑色的恐惧侵袭内心和血液。

无名的恐惧,面目可憎。

昔日的恐惧,使人动弹不得。

甚至声音朋友也不得不置之不顾。

不能打扰恐惧。

它们假装沉睡。

它们还能醒来。

然后一口咬下,将我们杀死。

博尚太太

> "像是她的嗓音。"

第一次进入博尚太太的病房，我就像是一个穿了潜水服的大提琴家。博尚太太 62 岁，携有一种攻击性非常之强的多重耐药泌尿道和肺部细菌，被隔离看护。因此，我穿上了蓝色防护服，戴着口罩，至于手套，我成功地说服了护士，没戴，毕竟戴着手套可拉不了大提琴！

博尚太太患有帕金森综合征，并伴有多系统脑萎缩[1]。走近看到她时，她僵硬的四肢和颈部让我震惊不已。她横躺在床上，如同一棵被剧烈的暴风雨折断了树枝和树干的老树。异常的姿势令她进食困难。再者，她牙关紧咬，难以让她张嘴。她的皮肤伤痕累累，左脸颊水肿，锁骨和双足后跟处结痂，还必须一直有人帮她挪动头部。她已经完全瘫痪，干涸的双眼睁得大大的，犹如闪耀的石块。然而能通过眨眼回答人们提出的问题：一下代表"是"，两下代表"否"。破碎的身体七零八落地躺在那里。

她的双眼闪动着光芒，让我看到一种在生命间流动的博爱。

---

[1] MSA，一种大脑部分片区失去神经元导致的神经退行性疾病。

我们刹那间成了朋友。她，在生命临终之际，在无尽的痛苦中还充满活力；我，我深知将我推向她的那股力量绝不是美好的情感。这股力量，它来自中心地带，核心或是心脏区域，把我这个只在她生命历程中出现几分钟的过客整个呼唤到她身旁。

在一种转瞬即逝的光耀中，这股力量把我所有的努力、所有的希望和生存的理由带往她的方向。

要不要听大提琴演奏？眨了一下眼。古典音乐？眨了一下眼。柔和的曲子？眨了一下眼。巴赫的《耶稣，吾民仰望的喜悦》？眨了一下眼。

我开始演奏这首康塔塔，立刻产生了一种微小的震动，几乎难以察觉，如同蝴蝶扇动翅膀般微弱。首先是眼睑开始颤动。"耶稣，吾民仰望的喜悦"。接着，突然，因为我确实没料到，干涸的双眼中爆发出一股力量。这股力量，是汹涌的波涛，犹如水坝溃堤，蓄水喷涌而出。一股可怕的力量。我继续演奏，心中却闪过一丝慌乱。我是不是触到她痛处了？剧烈的抽泣让她的嘴巴和脸庞都变形了，而她的身体依旧纹丝不动。我按下心中浮起的不安，决定拉完这首经文歌。"耶稣，吾民仰望的喜悦"。泪水沾湿了双颊和枕头。接着，她渐归平静。如同暴风雨后，天际微微透露出的几缕阳光。她的双眸——既然她只能靠眼睛来表达——她的双眸盛满光芒，就像孩子们听到童话故事的美好结局，眼睛闪闪发亮。寂静的解脱。于她于我皆如此。我俯下身，问道："您还喜欢吗？"她眨了一下眼。"您希望我继续为您演奏吗？"她又眨了下眼。"还是巴赫的康塔塔？"再次眨了下眼。

我在她床边待了很久。她现在很平静。

巴赫康塔塔 BMV[1]1,《晨星闪耀多么美丽》

她眨眼表示同意。我们心意相通。

巴赫康塔塔 BMV31,《天国欢笑，人间歌唱》

她容光焕发，她还想听，是的。

巴赫康塔塔 BMV8,《最亲爱的上帝，我何时死去？》

声音朋友渐渐停下，寂静抖动翅膀，发出沙沙声。快乐流动。

之后每场演奏，她的丈夫也加入了我们。每周四，他们一起等待穿着潜水服的大提琴家。我们一起挑选三首巴赫康塔塔演奏。她的丈夫对我说："这多美呀，多么惆怅……犹如人的嗓音般浑厚。像是她的嗓音。"大提琴声一响，博尚太太就会流泪，只是那汹涌的湍流如今变为轻快的溪流。丈夫也很激动，他抚摸着妻子的手。"音乐流向了需要它的地方。我的妻子回来了。"

大提琴声是人声。巴赫的音乐是天籁。我现在知道，两种声音俯在她如此美丽的脸庞上齐唱时，它们之间别无二致。

病人在停止进食进水五周后才离世。

她颠覆了验血数据对她死期的所有预测。

1　Bach-Werke-Verzeichnis（巴赫作品目录），是德国音乐学家沃尔夫冈·施米德尔（Wolfgang Schmieder）在 1950 年完成的巴赫作品目录，根据类别排列。

音乐是解脱。

音乐让人们以为早已干涸的眼泪喷涌而出。

它知道卸下重负的

最佳时刻。

任凭咸泉自由流淌，

随心所欲。

卡希尔先生

"马格里布饶舌音乐。"

卡希尔先生是个刚满 20 岁小伙子。他十分"愤怒":中学毕业班的所有哥们迎来了假期,而他却不得不躺在床上。他的全身遍布癌细胞,大剂量的靶向药并未真正缓解疼痛。他患有腋下瘤,体积之大,侵蚀了整条手臂,并如同一只巨大的毒蘑菇,占据了他的半边脸庞。他不愿再照镜子,他如是告诉护士。疼痛每分每秒都在他身上游走,他只剩下疼痛,难以忍受的疼痛。

第一次见面时,他要我把他的吉他拿给他,和我一起唱强尼的歌。吉他躺在病房的角落里。他掌握不少和弦,是位优秀的乐手。他的心情也不错。"音乐使我忘怀。"

一周后,他直接要求来点"马格里布饶舌音乐"或"重金属音乐"。我可以根据自己的喜好从中选择。然而,卡希尔先生,我无从选择。我在莫斯科没有学过这些。它们不在我的曲目中。事实上,我对重金属音乐一无所知,不过我很愿意尝试。"下周吧,我保证。"

第三次,他那些哥们都来了。十一位同学围在床边,他们把吉他递给他。然而卡希尔十分疲惫,无法抱起吉他,只能将它横在身上。

无赖大胡蜂[1]、艾哈迈德·苏尔当[2]、H–肯恩乐队[3]、DJ凯[4]。我用手机播放着饶舌歌曲。我拼尽全力,成了彻彻底底的摩洛哥饶舌歌手。演奏时,十一部手机同时拍摄我。

"你喜欢 MBS[5]?"哦是的,卡希尔先生,MBS 和我,这是一种全新的爱,但今天我确实热爱这个乐队。

> 我们手持麦克风,打破沉默
> 我们比暴力更加深入。

我们随着节奏一起摇晃,我把大提琴古老漆面的面板当成非洲鼓一般拍打。

> 愤怒使我作痛,我手持麦克风,打破沉默
> 我只谈暴力,这也不是偶然。[6]

我坐在椅子上,与围在床边的年轻的饶舌歌手们共舞。他们举在手中拍摄我的手机如同夜色里摇曳的萤火虫。

---

1 Hornet La Frappe,本名穆尼尔·本·切图(Mounir Ben Chettouh, 1991—),阿尔及利亚裔法国饶舌音乐歌手。——译注
2 Ahmed Soultan(1978—),摩洛哥歌手。——译注
3 H-Kayne,1996 年在摩洛哥梅克内斯成立的饶舌音乐组合。——译注
4 DJ Key,真名哈立德·杜阿什(Khalid Douache),摩洛哥混音混像艺术家。——译注
5 MBS 是"**麦克风打破沉默**"(Le Micro brise le silence)乐队的简称,阿尔及利亚嘻哈音乐组合,成立于 1993 年。——译注
6 MBS,《马格里布人饶舌乐》(Rap de Magrébin),出自专辑《麦克风打破沉默》(*Le micro brise le silence*, AZ, 1999)。

> 早晨，你为什么起床？
> 为了知道夜里发生了什么。[1]

这是十三个乐手的大合唱。

> 死了多少人？120。
> 每天有多少新孤儿。[2]

卡希尔先生和我们一起跳舞。他手舞足蹈，身上的吉他差点掉落。所有人都开怀大笑。

> 我记得我曾是个
> 无忧无虑的孩童，无忧无虑
> 短暂的无忧无虑
> 我记得我曾是个
> 无忧无虑的孩童，看过
> 无忧无虑的孩童
> 的鲜血

407病房里，一台台手机随着音乐摇晃，所有人都非常喜欢。

> 我见过黑白照里的无忧无虑

---
[1] 原文为阿拉伯语。
[2] 原文为阿拉伯语。

>   微不足道的一截纸
>
>   我读过白纸黑字的死后悼念
>
>   红得似血的一截纸

单调的嗓音。节奏分明。

>   我记得我曾是个
>
>   无忧无虑的孩童，无忧无虑
>
>   短暂的无忧无虑
>
>   我记得我曾是个
>
>   无忧无虑的孩童，看过
>
>   无忧无虑的孩童
>
>   的鲜血[1]

短促的节奏令人上瘾。紧张化为绚丽多彩的痉挛。痴迷。

---

[1] MBS,《无忧无虑的儿童》(Enfants innocents)，出自专辑《麦克风打破沉默》，前揭。

音乐是节奏。

无忧无虑的孩子随之起舞。

戴着血色面罩的天使。

音乐试图驱逐疼痛和恐惧,

短短几秒钟。

面对不公,凝固在黑与白中的不公。

音乐也束手无策。

里奇太太

"妈妈……妈妈……醒醒啊!"

两名年轻的女子,站在病床两边,用力摇晃着她们的母亲:"妈妈……妈妈!"

里奇太太从昨天下午起就陷入了深度昏迷,没有了反应。急切间,两个女儿用法语、意大利语和西西里方言轮番呼唤母亲不要离开,求她醒来:"妈妈……妈妈……醒醒啊……妈妈……醒醒啊。"

她们一边叫喊,一边拉扯着母亲。病人双眼紧闭,脸庞瘦削,一动不动。两人看见我握着大提琴走进病房,叫声更甚:"请救救她,请您救救她!"

上周,我们还一起唱了《当我独自走在街上》。这首咏叹调出自普契尼的歌剧《波西米亚人》,是里奇太太的最爱。"请演奏普契尼……请拉普契尼……请您让她活过来。"她们急疯了。"你们知道,我没法让任何人活过来,但是我能够拉普契尼的曲子。"她们终于放下了母亲无力的双臂。我坐在床边,将意大利歌剧咏叹调的曲谱放到我的谱架上。

普契尼的《当我独自走在街上》。

里奇太太一下子睁开双眼。病房中只剩下她的眼睛,其余一切都消失了。所有人都惊呆了。她紧紧盯着两个女儿,接着开始哼唱:"当……当……"我打了个寒颤。两个女儿喜极而泣,拍着双手。

"妈妈……妈妈……"

有些短暂的光明时刻,犹如恒星碎片划过白昼。一小片一小片的天空,犹如令人焕新的小岛。

音乐是梦。

呼唤奇迹和永恒。

音乐用美的赞歌

向死亡发起挑战。

死亡遮蔽眼睛,

音乐欢快地照亮世界。

随后,服从

难以忍受的别离。

方丹太太

> "这一定使您感觉特别好。"

方丹太太78岁，癌症已转移，并患有阿尔茨海默病。她记得眼前的事，以及久远过去的一些零星片段，十分精确，堪比瑞士钟表。她喜欢维也纳华尔兹。施特劳斯的《蓝色的多瑙河》。于是她躺在床上跳舞，身上盖着医院里鲜红的被单。她用两根手指小心翼翼地拎着被单，好似拎着一条舞会礼服裙的裙摆，开始维也纳式的旋转。"得有条漂亮的礼服裙。"她眼睛里闪着光芒，以一种神秘的语气说道。一天，我演奏了《皇帝圆舞曲》，非常适合旋转起舞。一曲完毕，她既高兴又严肃地对我说："您看上去很高兴。"我惊讶地看着她。

"这一定使您感觉特别好……啦啦啦，啦啦啦……您为我演奏，是不是也很愉快？"我愣住了。她以同样的语气继续说道："您的颈部和背部不疼吧？您看上去如此欢乐……真令人高兴……这一定使您感觉特别好。"

我确实很快乐。您全看出来了，方丹太太。

音乐是快乐。

音乐让失智病人开口说话，

星星点点，一语中的。

音乐短暂地重组

明显无序混乱的思想。

快乐流动，是一缕心迹，

探索透明的云彩。

快乐流动，是一方天空，

氤氲缭绕，

钻至内心蓦地苏醒。

埃莱奥若拉太太

"最后再跳了一次天鹅之死。"

埃莱奥若拉太太曾是巴黎歌剧院芭蕾舞团的特级演员。她在409病房等我,不带一丝微笑地说出了请求。彼得·伊里奇·柴可夫斯基。芭蕾舞剧《天鹅湖》。接着她闭上眼,一动不动聆听着。

"我这一生都在跳《天鹅湖》的王后。"

她严肃地看着我。

"谢谢您让我最后再跳了一次天鹅之死。"

音乐是动作。

拉拽,

走动,

抬起,

托举。

它召唤飞翔的欲望。

呈现声音的创造力。

呼唤看不见的动作。

恩达耶先生

"您令我回想起生的乐趣。"

恩达耶先生来自马里，是联合国教科文组织前官员，极富教养，因前列腺癌转移住院。他请求我演奏舒伯特的《圣母颂》。这是他唯一的愿望。他紧握双手，聆听音乐。"谢谢。正如孩子们说的：完美收悉。"

阳光洒满房间。"这比祈祷更美。"他接着说：

"我闭上眼，自私地把所有这一切都保留在我的感官世界中。您所倾注的爱，我都收到了。我的内心充实。您带给了我一种不同寻常……非同一般……您为我打开了另一个世界，唯一能将人们团结在一起的世界。"

恩达耶先生和我的拳击手朋友孔巴先生，他们都是智者。两人的房间仅间隔了几间病房。我还演奏了维瓦尔第的咏叹调。他很乐意倾诉，接着说："这次我没有全部接收到，这就是为什么……"

他戴着氧气面罩，仔细地表达自己的感受，每句话之间都停顿许久。

"我没有全部收到，这是因为过会儿，明天，后天我还会继续接收,直至生命终结。永恒之泉。您令我回想起生的乐趣。"

他的话直击我的心灵。他和孔巴先生都描绘了快乐的情感,如此柔软,犹如一条柔软蜿蜒曲折的河流。我希望他们两人能相遇。

我离开病房时,他对我说:"您传播了在您身上流淌的爱。当爱在中心,生命的力量就在那里。永恒的爱。我们无所畏惧。我感到充实且平静。"

第二天,这两位智者相见了,两人在阳台上共度了一个下午,下面是医院的花园。他们成为两日的挚友。一周后,恩达耶先生去世了。

音乐是相遇。

突现存在的滋味。

驱逐破灭的幻想

直至生命之河的终岸。

音乐赞美,

中心的爱,

犹如闪闪发光的瑰宝,

在最终的欢庆中,音乐唤来快乐。

我 的 母 亲

在这两位智者身后,我瞥见了母亲的脸庞。我的母亲是位美人,见到她美丽的脸庞,我的整个世界都安定了,这于我弥足珍贵。

我的母亲很开朗。她爱笑,从童年起,和她在一起,我就一直大笑,总是想大笑,直至今日仍然如此。

我的母亲很爱美,极其爱美,美丽于她如同一位情人,至高无上。她不喜欢那些不重视美的人。她对美的见解,是柏拉图哲学意义上的整体与部分的平衡之美。她的品位无懈可击。对于美,她有时甚为犀利。

我的母亲不知疲倦,不识烦恼,不惧孤独。她生性勇敢。

我的母亲热爱条理有序,因为对于所有事情,她都追求和谐。

我的母亲熟知法国诗歌、莎士比亚戏剧、意大利文艺复兴前期的绘画和希腊艺术。她认为,书籍比佳肴更美味。

我的母亲很有见识,远离各种物质现实。她可能会搞错大衣、钥匙或火车站。她对面包的价格毫无概念。她乐享一切,这些疏失令她开怀不已。

我的母亲是位艺术家。

她去世了,为我,也为所有我爱的人,留下无穷无尽的快乐。

一位朋友的离世

在来到姑息治疗科两个月后,孔巴先生被转入老年科,病房就在楼下两层。尽管他和儿子一再请求,他再也没能回到姑息治疗科。我也没有机会再为他演奏。科室主任不允许我去见他。他说,不能有偏爱和依恋。

一天下午,我在医院花园的大树下遇见了孔巴先生。当时我背着大提琴,正准备离开医院。他坐在轮椅上,在一位护士的陪护下晒太阳。他那双大手紧紧地握住我的手。"克莱尔……克莱尔……克莱尔……"他只是叫着我的名字,而我,我完全不知道该说什么。

几天后,他被发现卡在轮椅和坐便器之间不省人事。不久,他去世了。姑息治疗科所有人都为他的离世而难过。我也是。我怀念孔巴先生。我多想那天再为他演奏一次琵雅芙的《不,我无怨无悔》。

有些人,即使不在了,光芒也依旧不减。如同乐声停止之后的寂静,真真切切,生机勃勃,熠熠发光。

重 逢

2018年8月。布列塔尼，普卢埃布拉茨。

霍华德一直都喜欢辛纳特拉[1]。在大提琴的曲调中，他唱起《深夜陌生人》（*Strangers In The Night*），随着节奏轻柔摇摆身躯，拍着手。他的眼睛与以前一模一样，似在微笑又带着些悲伤，十分专注。他的笑也没有变化，突然的大笑，久久方歇。他很高兴。我回到他身边，为他演奏。我曾在地铁上答应过他，有几年却忘记了。两年前听说"他出了问题"后，我就一直在寻找他。

在布列塔尼夏季明亮的阳光下，在室外的露台上，远处是大海，我为霍华德演奏，有保罗的保留曲目，那个把大提琴砸出大口子的保罗，他的巴赫"第五大无"序曲，有神奇的音乐家迪朗最爱的肖斯塔科维奇奏鸣曲快板，还有野蛮抓挠的阿梅莉亚喜爱的舒伯特《阿佩乔尼奏鸣曲》慢乐章，以及对大卫那神奇音程的脱胎换骨的变奏。

霍华德一直以来的伴侣不分昼夜地照顾他，她轻轻地将

---

[1] Francis Albert Sinatra（1915—1998），美国男歌手、演员、主持人。——译注

布福的袖珍小提琴放在霍华德膝上。2011年1月,布福最后一次公演以来,这个小盒子第一次被打开。

霍华德欣喜若狂。尽管失去了言语功能,逻辑也不复从前,但他仍然记得一切。这位演说家、作家、科学家从没把话语和思想太当回事。在他内心最深处,他首先是艺术家和护理师。他最爱的是能说话的声音、眼神中传出的快乐,和在每个独特个体身上搏动的"地下之物"。

这些年,神经退行性疾病侵蚀了他,但他的心灵之核始终如一。

心之所处,人之所居。完整无缺,不曾离去。

尾声

舒伯特《降 E 大调钢琴三重奏》
op.100，行板，再现部

从前有一位伟大神奇的女艺术家凯斯勒夫人，她饱受病痛折磨。一天，有人拉起了大提琴，为她演奏了舒伯特三重奏 op.100 的行板，琴声奇迹般地减缓了病痛。五年后，她转入姑息治疗科。

5 月 23 日这天早上，我早早来到医院，在病人名单中看到了她的名字。我阅读了交班手册中的护士报告。

2016 年 5 月 21 日：凯斯勒太太，95 岁，由阿莱西亚科里安花园失能老人养老院转院至此，进行疼痛评估。在梳洗和护理过程中，她感到剧烈疼痛。病人不停呻吟，无法回答任何问题。预先注射了吗啡和咪达唑仑[1]。

5 月 22 日：病人熟睡时仍在呻吟。四肢僵硬。傍晚，

---

[1] 一种用于姑息治疗的镇静剂，能缓解某些病人的焦虑，或在其他方式无法缓解疼痛时，助他们入睡。

注射了两次各5毫克吗啡，疼痛有所减缓。

我推开403病房房门，内心怦怦直跳。自从一年前离开养老院后，我再未见过她。我抱着大提琴靠近。她极度消瘦，皮肤呈半透明。我看见死亡在她干涸的嘴角边游荡。她睁开眼睛看向我，憔悴的脸上挂着淡淡的微笑，眼睛里依旧闪烁着光芒，不曾改变。舒伯特，三重奏，op.100，行板。她无法动弹，然而她的呼吸明显变深，身上盖着的被单也随之起伏。她的身体变得轻盈。我感到她只是呼吸和光芒。她灼热的蓝色眼眸紧紧跟随我的每个动作，即使是最微小的动作。她的眼神如此炽烈，令我对自己产生怀疑。这位热爱朗诵的女士，她无法再说话。她令我想起一位女王。

演奏结束，我向她俯下身："谢谢，您为我付出了很多。"道谢十分重要，而且要及时道谢。她眨了眨眼回应我。这便足以照亮我的余生了。

在13点30分的交班组会上，护士向团队汇报早上见证的一个奇特现象。在为凯斯勒太太梳洗时，她走出病房去找一只手套。当她回到病房时，病人的呼吸频率升到了42。她关上门，继续为病人梳洗，呼吸频率落到30。她重新打开门，频率再次上升到42。关门，30。开门，42。护士意识到是因为门打开时，对面病房传来了大提琴声。

一周后，5月30日，我再次为凯斯勒太太演奏，她的意识愈加模糊，但是仍然对大提琴有所反应。她只对大提琴有反应。凯斯勒太太本为进行疼痛评估而来，现在她的尖叫有所减少。6月初，身体的疼痛基本控制住。她放松下来，不再呻吟。她静静地等待那一刻的到来，犹如一艘小船，在长时间的束缚后，松开缆绳，渐渐飘向远海。她陷入了临终前的昏迷状态。

6月6日，为她最后一次施用"舒伯特绷带"，她已然显得十分遥远。光彩夺目的脸庞似用白色大理石雕琢而出，沉浸在难以企及的光亮中。她的眼睛似乎翻入了身体内部。她的脸没有丝毫遮掩，完全展示在我的目光下。我随着她那忙于死亡作业的呼吸节奏演奏，再次也是最后一次拉响舒伯特三重奏op.100的行板。她的呼吸一度停下许久。一些小节，她炽热地呼吸；一些小节，她短暂地停止呼吸，一片冰冷的空白。我感到死亡似乎就坐在她的床沿，等待乐章结束。然而生命再次涌入她的身体，如同海浪扑上一块孤独的礁石，她又呼吸了，再一次推迟了最后一口气的到来。她的整个生命都集中在扩张的胸腔。我感到了这一处在终点的生命的力量。它融入了无限。

"再见了，凯斯勒太太。"

这一天，她的病历中记着："梳洗时和克莱尔一同进行'舒伯特绷带'项目。难以置信：Rudkin镇静评分3分的病人唱歌了。"

6月7日，绝唱翌日，在这个如今多年来，得益于她，舒伯特的音乐每周都会响起、平复病人疼痛的科室，伟大神奇的女艺术家凯斯勒夫人，孤独而平静地去世了。

地 下 之 物

我的记叙到此结束,尽管实际上它并未结束。

那些被称作深度自闭症的患者,失能老人养老院的老人、失智的病人,被剧痛折磨的临终病人,我的大提琴在他们的床头响起,这不是一种愉悦的消遣、简单的安慰,或者是折磨中的临时慰藉。

琴声振响,触及、包裹、穿过病人的身体,它穿透身体、占据身体。身体震颤,感受到自己的活力,自觉感受和情感的场所。琴声似乎与个体的内心产生共鸣。

重病是一种自我遭驱赶的经历。它攻击身体,各种能力相继丧失。它质疑个人操作自身的能力。它使人陷入缺失,对自己感到陌生,失去稳定、可辨的处所。

现场音乐是生活中一个会带来改变的精彩瞬间。它唤醒沉睡的心,激发出一股冲动,证实"艺术的揭露令知觉扩展成为可能"[1]。

---

1 柏格森,《思想与运动》。

这是侵入式的拯救，召唤我们那埋藏极深，即使因重病的碎片化、即使因失智、即使因疼痛和死亡也始终不变、闪耀着光辉的内核。这是我们共有的内核。它在我们身上、在我们之间、通过我们而闪耀。它就是那"地下之物"，原初之迹。它是生命的基石。它就是生命。

音乐制造奇迹般的连接，触及"地下之物"。

充满信任。

快乐流动。

参考书目

ABIEN, Maurice, *Pour une mort plus humaine*（《为了更人性的死》）, Masson, 2004

BERGSON, Henri, *La Pensée et le Mouvant*（《思想与运动》）, Quadrige PUF, 1998

— *Matière et mémoire*（《物质与记忆》）, Quadrige PUF, 1982

BOBIN, Christian, *La Présence pure*（《纯粹的在场》）, Gallimard, 2008

— *L'Homme-Joie*（《欢乐人》）, L'Iconoclaste, 2012

— *Un bruit de balançoire*（《秋千的嘈杂声》）, L'Iconoclaste, 2017

BUTEN, Howard, *Quand j'avais cinq ans je m'ai tué*（《五岁时，我杀了我自己》）, Seuil, 1981

— *Ces enfants qui ne viennent pas d'une autre planète: les autistes*（《自闭症孩童，他们不是来自另一个星星》）, Gallimard, 1995

— *Il y a quelqu'un là-dedans: Des autismes*（《里面有

个人：自闭症》)，Odile Jacob，2003

— *Through the Glass Wall*(《穿过玻璃墙》)，Bantam，2004

CHÂTEL，Tanguy，*Vivants jusqu'à la mort: Accompagner la souffrance spirituelle en fin de vie*(《直至生命终结：临终精神痛苦的陪伴》)，Albin Michel，2013

FIAT，Éric，*Grandeurs et misères des hommes: Petit Traité de dignité*(《人的伟大和苦难：尊严小论》)，Larousse，2010

— *La Pudeur*(《羞耻》)，Plon，2016

— *Ode à la fatigue*(《疲惫颂》)，Éd. de l'Observatoire，2018

FORESTIER，Richard，*Tout savoir sur la musicothérapie*(《音乐治疗全书》)，Favre，2012

GOMAS，Jean-Marie，*Soigner à domicile des malades en fin de vie*(《临终患者居家照料》)，Cerf，1998

GUAY(LE)，Damien，*Le Fin Mot de la vie: contre le mal mourir en France*(《生命的终义：让法国再无恶死》)，Cerf，2014

HIRSCH，Emmanuel，*Partir, l'accompagnement des mourants*(《离去，临终者陪伴》)，2e éd. Cerf，1986

JACQUEMIN, Dominique, *Éthique des soins palliatifs*(《姑息治疗伦理》), Dunod, 2004

JANKÉLÉVITCH, Vladimir, *La Mort*(《死亡》), Champs Flammarion, 1977

KÜBLER-ROSS, Elisabeth, *Les Derniers Instants de la vie*(《生命最终的时刻》), Labor et Fides, 1975

LAFAY, Arlette, *La Douleur*(《疼痛》), L'Harmattan, 1992

LEVINAS, Emmanuel, *Éthique et infini*(《伦理与无限》), 1re éd., Le Livre de Poche, Librairie Générale Française, 1984

— *Totalité et infini*(《总体与无限》), Le Livre de Poche, 1990

MALLET, Donatien, *La Médecine entre science et existence*(《科学与存在之间的医学》), Vuibert, 2007

— *Une clinique du corps*(《身体临床》), Sauramps, 2020

M'UZAN, Michel, *De l'art à la mort*(《从艺术到死亡》), Gallimard, 1983

RICHARD, Marie-Sylvie, *Soigner la relation en fin de vie*(《临终关系治疗》), Dunod, 2004

RICOT, Jacques, *Penser la fin de vie: l'éthique*

au cœur d'un choix de société(《思考临终：处于一项社会选择核心的伦理学》), Préface de Jean Leonetti et de Philippe Pozzo di Borgo, Hygée Éditions, 2019

RUSZNIEWSKI, Martine, *Face à la maladie grave*(《面对重病》), Dunod, 2014

SACKS, Oliver, *L'homme qui prenait sa femme pour un chapeau*(《错把妻子当帽子》), Points, 2004

— *Musicophilia: La musique, le cerveau et nous*(《迷乐：音乐、大脑和我们》), Points, 2007

SAUNDERS, Cicely, *Soins palliatifs, une approche pluridisciplinaire*(《姑息治疗，一种多学科视角》), Lammare, 1994

— *La vie aidant la mort*(《生命助力死亡》), Medsk, 1986

VERSPIEREN, Patrick, *Face à celui qui meurt*(《面对临终者》), DDB, 1988

致 谢

感谢霍华德·布滕，天才的艺术家和启示者，为我指明道路。

感谢让—玛丽·戈马医生，慷慨而富有创造性，助我建构道路。

感谢多纳西安·马莱教授，真正的关于护理的思想家，指导我阐述道路。

图书在版编目（CIP）数据

舒伯特绷带 /（法）克莱尔·奥佩尔著；罗琛岑译
. —— 上海：上海文艺出版社，2024
（亲历）
ISBN 978-7-5321-8923-6

Ⅰ．①舒… Ⅱ．①克… ②罗… Ⅲ．①纪实文学－法国－现代 Ⅳ．①I565.55

中国国家版本馆CIP数据核字(2024)第048146号

CLAIRE OPPERT
Le pansement Schubert
Copyright © Éditions Denoël, 2020
Simplified Chinese edition arranged through Dakai L'Agence
Simplified Chinese edition copyright © 2024 SHANGHAI LITERATURE & ART PUBLISHING HOUSE
All rights reserved.
著作权合同登记图字：09-2021-0867

发 行 人：毕　胜
责任编辑：赵一凡
封面设计：朱云雁

书　　名：舒伯特绷带
作　　者：[法] 克莱尔·奥佩尔
译　　者：罗琛岑
出　　版：上海世纪出版集团　　上海文艺出版社
地　　址：上海市闵行区号景路159弄A座2楼 201101
发　　行：上海文艺出版社发行中心
　　　　　上海市闵行区号景路159弄A座2楼206室 201101 www.ewen.co
印　　刷：浙江中恒世纪印务有限公司
开　　本：889×1194　1/32
印　　张：6.625
插　　页：3
字　　数：60,000
印　　次：2024年7月第1版　2024年7月第1次印刷
I S B N：978-7-5321-8923-6/I.7029
定　　价：52.00元
告 读 者：如发现本书有质量问题请与印刷厂质量科联系　T:0571-88855633

亲历

萤火虫的勇气
我在儿科重症当心理师

海下囚徒
豪华邮轮底舱打工记

笑着告别
法国殡葬师另类回忆录

我怎么就不能在那里打工?

舒伯特绷带

即将推出(书名暂定)

狍子人